「じゃあ、行ってくるわ！」

「あぁ。ちょっと待って」

アリアが出発の準備を終えて工房に戻ると、
レインが声をかけてくる。

「これ、肌身離さずつけておいてくれるか？」

「何これ？」

レインはネックレスのような装飾品を渡してくる。

銀色のチェーンに赤い宝石が付いたネックレスだ。

「それは、おま……修行のためのアイテムだよ。

王都から帰ってきて一人だけ
なまっていたらいやだろ？

アリアの魔力を吸って、
魔力が下がるのを抑える効果があるんだ」

キーリ
リノ
スイ

「おかえり。レイン兄ちゃん！」

「ただいま。リノ。大丈夫だったか？」

「おかえりなさい。アリア。

それから、ミーリアとレインも」

「おかえり」

「ただいま戻りました」

「あ、ただいま。キーリにも
心配かけたわよね。ごめんなさい」

「アリア……。ううん。

アリアが無事でよかったわ」

ミーリア
アリア
レイン

「はぁ……。はぁ……。レイン。
お願い。もう一回……」
「も、もうやめた方がいい。
キーリが壊れちゃうよ」
「大丈……夫、だから。ね？
もう、レインの……が、入ってくるのにも
もう、慣れたから。お願い」
「しょうがないな。次が最後だぞ？」
バタン！　扉が音を立てて開かれる。
「ちょっと！　二人とも！
何してるのよ！」

追放魔術師のその後
3
新天地で始めるスローライフ
Satou Tarou
砂糖多労
イラスト:兎塚エイジ

CONTENTS

イラスト:兎塚エイジ　デザイン／寺田鷹樹(GROFAL)

第一章　アリア、武闘会に出場する。

「旦那様。こちら、武闘会についての資料です」

「うむ」

フレミア伯爵は執事長から書類を受け取り、目を通す。

それは、近く行われる武闘会の案内だった。

今年フレミア家からはリグルが出場することになる。

リグルはフレミア伯爵の血を強く引いているためか、魔術も達者だ。

もしかすると、いいところまで行くかもしれない。

勝ち上がったから何かいいことがある訳ではないが、成績がいいに越したことはない。

「アリア様はいかがいたしますか？」

「……あいつのことはどうでもいい」

自分の才能をみじんも受け継がなかった娘の名前を聞いて、フレミア伯爵の機嫌は急降下する。

聞きたくもない名前だったので、武闘会の招待状もこちらではなく、あの娘の母親の生家であり、今あの娘が身を寄せているフローリア辺境伯家に直接届けられるようにしたくらいだ。

「しかし、あの娘の対戦相手として、ロール家やリシャー家など、いくつかの家から立候補がありました。そちらの対応はフレミア家でしたほうがいいかと」

「ふむ」

あの娘は不参加なので、その対戦相手は一回戦の不戦勝が決まる。

フレミア家より家格の劣るロール家やリシャー家はこの武闘会で勝ち進めばそれだけその子の未来が開けることになる。

武闘会の優秀者の中から騎士に選ばれる者もいるくらいだ。

つまり、相手に恩を売れるということだ。

「……確か、ロール家のデイルという者はリグルたちの世代で一番魔術が達者だったはずだな」

「はい。頭一つ飛び抜けた実力だと聞き及んでいます」

フレミア家は武門の家だ。

せっかく恩を売るのであれば、魔術が達者な相手に恩を売ったほうが得だろう。

「では、ロール家にあの娘の相手をさせるようにせよ」

「承知しました」

執事長は恭《うやうや》しく頭を下げて、フレミア伯爵の執務室から退室していった。

◇◇◇

「あれ？」

「どうかした？」

「あれラケルさんじゃないかな？」

「どれ？」

俺は村のすぐ近くまで戻ってきたとき、村のそばに人影があることに気がついた。

よく見てみると、前回、商人であるジーゲさんの護衛をしていた冒険者のラケルさんのようだ。

「あの人が来たってことはジーゲさんも来たってことかしら？」

「そんな気がするな」

まあ、冒険者がわざわざ来るような魅力があるところでもないし、あの人が来ているということは当然護衛対象のジーゲさんも来たということだろう。

「おーい！」

俺たちがそんな話をしていると、ラケルさんも俺たちに気づいたらしく、両手を振りながらこちらに近づいてくる。

両手を振っているのは、おそらく、敵意がないことを示しているんだろう。

俺たちも両手を振る。

「ラケルさん。お久しぶりです」

「久しぶりです。ジーゲさんと注文の品を運んできました。中に入れていただいてもいいですか？」

「どうしたんですか？　いきなり敬語になって。前回みたいにタメ口で話してくださいよ」

「お？　そうか？　そう言ってくれると助かる。いやー。冬にいろいろあってな」

ラケルさんは頭をかきながらそんなことを言う。

「いろいろですか？」

「その辺はジーゲさんから直接聞いてくれ。あまり接触しないように言われてるんだ」

ラケルさんが苦笑いを見せる。

どうやら、いろいろと大変なことがあるらしい。

守秘義務的なあれこれがあるようだし、聞かないほうがいいだろう。

「……そうですか。じゃあ、正門のほうを開けるので、商人さんにそう伝えてください。……俺たちと一緒に裏門から入って村を突っ切ったほうが早いですかね？」

「ありがとう。でも、そこまで大回りでもないし、外を回っていくよ。じゃあな」

ラケルさんはそう言い残して走り去っていく。

「じゃあ、俺たちは工房で作業してるから、ミーリアは商人さんの対応を頼むな」

「わかりました」

全部話してしまうアリアを見かねたミーリアが、次回から交渉は自分がすると言ったのだ。

アリアも自分は交渉は向いていないと思っていたのか、すぐにミーリアにお願いした。

今日はミーリアの初仕事になるわけだな。

いつもより気合の入っているミーリアを先頭に俺たちは村に戻った。

◇◇◇

「はぁ」

「なにため息なんて吐いてるんですか？　ジーゲさん」

ジーゲが大きなため息を吐くと、隣を歩いていた護衛のラケルが声をかけてくる。

ジーゲたちは今、開拓村に向かっている。

開拓村は去年の春できたばかりの村で、それほどの旨味はないはずの場所だった。

状況は一変したのは去年の冬。

どうやら、流れの錬金術師が住み着いたらしい。

その錬金術師が小さな瓶で百万ガネーは下らない、純度の高い『土液』を作れる。

そんな情報が知り合いの錬金術師の先生から入ってきた。

これは一枚噛《か》むべきだと思って早速その村に行ってみたのだが、自分の店に帰ってみると辺境伯の私兵に取り囲まれ、連行されることになったのだ。

どうやらあの開拓村は辺境伯の肝煎《きもいり》だったらしい。

軍事物資にもなる『土液』をあれだけ大量に扱っているのだ。

そうなっていると気づくべきだった。

「……ラケルさん。そうですね。巻き込んでしまって申し訳ありません」

「まだそんなこと言ってるんですか？　もういいですよ。給料は保証されているわけだし、出世と言えば出世ですしね」

ラケルたちは前回、ジーゲの護衛としてついてきたので、一緒に辺境伯に捕まる羽目になった。

幸い、誠実な商売をしていたので、お咎《とが》めのようなものはなかった。いや、ほんとに誠実な商売をしていてよかった。

それに、次の注文なども受けていたことから、そのままあの開拓村との直接取引の役目を仰せつかったのだ。

ラケルも護衛という形で辺境伯に雇われることになった。

監視も兼ねているのだろう。

「しかし、誠実な商売をしながらも外部の情報は可能な限り渡すなとは、辺境伯様もなかなか難しい注文を付けてきますよね」

「まあ、仕方ないでしょう。あれだけの『土液』が第二王子派の手に渡れば間違いなく戦争が始まります」

「私もそれはわかっているんですけどね」

『土液』を使って辺境伯の兵士の装備はかなり増強されたらしい。

今まで壊れていて使えなかった魔道具や装備が、あの村の『土液』を使うことで大半は直せたそうだ。

ジーゲに開拓村のことを教えてくれた錬金術師の先生は、その作業で寝る暇もないのだとか。

今まで頑なに弟子を取らなかった先生が中堅の錬金術師を弟子にしたというのだから忙しさは相当なのだろう。

あの『土液』が定期的に手に入るのであれば今後は装備や武器の修繕に困ることはなくなる。

そんなことになれば好戦的だと噂《うわさ》の第二王子のことだ、すぐに戦争を始めるに違いない。

第二王子の支持層の貴族の多くが好戦的で、特に、隣国と接している南東部の貴族の中には今にでも戦争を始めたいという者もいるという話だし。

もし、そんな状況にあると開拓村にいる錬金術師が知れば、重宝されるであろう第二王子派に鞍《くら》替《が》えしてしまうかもしれない。

また、煩わしく思ってこの国を去ってしまうというのも考えられる。

そうなれば、辺境伯としては大損だ。

だから、できるだけ村の外の情報は渡さないようにといわれている。

「お？　村が見えてきましたね」

「……今度はおかしなところはありませんね」

ラケルと会話をしていると開拓村が見えてきた。

前回来たときとの差はあまりないように見える。

「今回は間違いなく一泊することになりますが、大丈夫ですかね？」

「辺境伯様からの手紙もありますから、大丈夫でしょう」

荷物が多かったこともあり、前回よりかなり遅い時間に着いてしまった。

この時間に着いた以上、村の近くで一泊する必要があるだろう。

だが、今回は辺境伯からの紹介状もあることだし、おそらく、中に泊めてもらえるだろう。

ジーゲは今回の商談に期待と不安を抱きながら開拓村へと向かった。

＊＊＊

「ようこそお越しくださいました」

「歓迎ありがとうございます」

ジーゲたちは今回も前回と同じ中央の家に通された。

前回同様、ここで商談をすることになるんだろう。

だが、今回ジーゲの前に座ってるのはアリアではなく、前回は給仕をしてくれていた女性だった。

「はじめまして。前回は自己紹介をしていませんでしたね。ミーリアと申します」

「これはこれはご丁寧に。改めまして、商人をしています、ジーゲと申します」

ジーゲは深々と頭を下げる。

今回、アリアではなくミーリアが出てきたのには何か理由があるんだろうか？

「あの。アリアさんは……」

「その話からしたほうがいいですね。アリア村長は春からは農業関係に専念することになりまして、商売や納税は私が担当することになりました」

「あー。そうでしたか」

なるほど。

普通はいろいろなことを村長がするのだが、こういった小さい村では分業することもある。

それに、辺境伯の話を聞いたところによると、彼女たちは錬金術師の情婦になっているのだろうとのことだ。

家族みたいなものとして役割を分けたのかもしれないな。

「なるほど、そうでしたか。それにしてもしっかりとした受け答えですね。作法などはどこかで習ったのですか？」

「……ええ。昔少し」

「……そうですか」

返答に一瞬間があった。

過去の話は彼女にはタブーなのかもしれない。

彼女のことも辺境伯に聞いておく必要があるだろう。

「交渉の前にこちらを。辺境伯様からの紹介状です」

「紹介状、ですか？」

ジーゲは辺境伯からの紹介状を渡す。

ミーリアはチラリと封筒に押された印を見た後、封筒を持って席を立つ。

「辺境伯様の家紋で間違いないようですね。私では判断しかねるので、少々お待ちください」

「お待ちしています」

彼女は部屋に奥へと向かっていく。

ジーゲたちだけがここに残されたのは信頼してもらえているのか、それともジーゲたちではたいしたことができないと思われているのか。

前者だと思いたい。

何にせよ奥にアリアがいるのだろう。

いくら任されているとはいえ、辺境伯の手紙を勝手に開けるわけにはいかないだろう。

それに、あのミーリアという女性はさっきチラリと確認するだけで封筒に押された家紋が辺境伯のものであることを正確に理解していた。

相当しっかりとした教養があるんだろう。

「ジーゲさん。交渉相手が替わったようですが、大丈夫ですか？」

「あぁ。よくあることです。この程度であれば問題ないと思いますよ」

ミーリアが席を立ったすきにラケルが質問してくる。

ラケルにとってもこの村でのやりとりは死活問題になる。

辺境伯のお抱えを外された人間なんて誰も雇いたくないだろう。

何か問題を起こしてこの仕事を外されれば、他国に流れるか、名前を変えて別の職を探さなければいけなくなる。

ラケルたちにとってはきついだろう。

実際、ラケルはジーゲの問題ないという発言を聞いてあからさまに胸を撫《な》で下ろしている。

「そうですか。よくあることなんですか？」

「あぁ。あのアリアという人は実直であまり商売には向いていないようでしたからね。いつかは替わるんじゃないかと思っていましたよ」

「なるほど」

ラケルもアリアは商売に向いていないと思ったのか、やけに納得した様子だった。

まあ、アリアは前回の交渉のときも商品ごとに反応が明らかに違っていたからな。

それに引き換え、ミーリアは前回は後ろで商談を見ていたけど、表情を変えたところは見ていない。

商談相手としてはやりにくい相手ではあるが、こちらは誠実な商売をしなければいけないのだ。

ミーリアのほうが感情に流されない分、あとでもめることは少ないだろう。

「お待たせしました」

「ご無沙汰しております。ジーゲさん」

ミーリアはアリアを連れて帰ってきた。

「紹介状は確認させていただきました。辺境伯様からあなたと独占的に取引をするようにとの内容が書かれていました」

「私どももこの村とのみ取引をすることになっているので、以降は必要なものは言ってください。可能な限り早く用意します」

「こ、こちらこそよろしくお願いします」

ジーゲは深々と頭を下げる。

しばらく頭を下げた後、顔をアリアのほうに戻すと、アリアは困ったような顔をしている。

「？　どうかしましたか？」

「えっと。ジーゲさんはそれで良いのですか？」

「良いとは？」

「私たちだけと取引をするより、いろいろなところと取引をしたほうが儲《もう》かるのではないですか？　辺境伯様は私に甘いところがあるので、強制されているようでしたら私からお願いしますが……」

どうやら、アリアはジーゲのことを心配してくれているらしい。

あんな軍事物資を生産しておいて、この緊張感のなさは大丈夫なのだろうか？

いや、それだからジーゲが専属に選ばれたのか。

「いえいえ。前回の『土液』の取引だけで数年分の利益は出せたので、アリアさんが私どもの利益を考える必要はありませんよ」

「そうですか」

「これからも大量の利益を得られそうなので、むしろ、こちらからお願いしたいくらいです」

アリアはほっと胸を撫で下ろす。

ミーリアに驚いた様子は見られない。

おそらく彼女はある程度事態を認識しているのだろう。

まあ、『土液』が軍事物資になるってことは少し考えればわかることだ。

そういった意味でもミーリアが前面に出てきてくれたのはよかった。

「あ。そうだ。辺境伯様からアリア様にもう一通お手紙を預かっています」

「私にですか？」

せっかくアリアが出てきてくれたのだ。

武闘会の紹介状も渡してしまおう。

「こちらです」

「これは！」

アリアは目を見開いた後、退室の挨拶も忘れて奥へ駆けて行ってしまった。

ジーゲたちは呆気《あっけ》にとられてその背中を見送る。

正直、嫌な予感がする。

ミーリアも同じことを思ったのか、引きつった笑いを浮かべている。

彼女もあれが武闘会の紹介状だと気づいたのだろう。

「……申し訳ありません。商談は明日にしていただけませんか？」

「ええ。私もそうしたほうがいいと思います」

ジーゲたちは村の空き家に一晩泊めてもらう約束をして、この日の商談はこれでお開きになった。

◇◇◇

「レイン！　少し村を留守にしても良い⁉」

「え？　いきなり何？」

アリアは戻ってきて開口一番おかしなことを言い出した。

ミーリアに呼ばれて出て行ったから、商談の席で何かあったのだとは思うが、経過が全くわからないから何とも言えない。

「貴族は武闘会への参加が必須なの！」

「いや、訳がわからない」

説明をしてくれたが、全然わからない。

貴族？　舞踏会？　ダンスパーティにでも誘われたのか？

その後も必死に何かを伝えようとしてくれているが、何が言いたいのか全くわからないんだが。

「もう！　どうしてわかってくれないの？」

「いや、今のでわかれっていうのは無理があるぞ」

「貴族は成人して一年目には、武闘会に参加する義務があるんです。その招待状が来たのでしょう。私は去年それに参加しなかったので貴族ではなくなりました」

「ミーリア」

興奮するアリアを宥《なだ》めていると、ミーリアが詳しく説明してくれた。

どうも、この国では当主が勝手に家族を勘当したり、貴族籍から外したりすることはできなくなっているらしい。

だが、貴族の義務を果たさない者をいつまでも貴族にしておくわけにもいかない。

そういうわけで、貴族には必ずしなければいけないというイベントがいくつかあり、それに参加しなかった者は貴族に値せずということで貴族籍から外されることになるのだとか。

その一つが、成人して一年目に参加する武闘会なのだとか。

ここでは勇気が試されるらしく、相手を殺してしまってもお咎めはないらしい。

まあ、実際に殺してしまえば相手の家に睨《にら》まれることになるので、人死にはまず出ることはない。

しかし、アリアのように家の後ろ盾がない者は別だ。

アリアを殺してもアリアの家は抗議しない。

それどころか、厄介払いができたと感謝すらされるかもしれないそうだ。

そうなれば、相手はアリアを殺しにかかってくるだろう。

「そんな大会に出て大丈夫なのか？」

「大丈夫よ。一回戦が始まった瞬間に降参するから」

アリアは自信満々にそう言うが不安は拭い切れない。

ミーリアが不安そうな顔をしているのが良い証拠だ。

「私も、参加しないほうがいいんじゃないかと思いますよ？」

「ミーリアは心配性ね。大丈夫よ！」

「でも――」

「私が貴族でいればスイやリノにもちゃんと市民権を与えられる。だから、あと三年は貴族でいたいのよ」

「アリア……」

この国では成人になるときに市民権を得るのだが、市民権を得るためには身元保証人が必要になる。

市民権をそうポンポン与えるわけにはいけないから、誰かがちゃんと村民であることを保証する必要があるというのはわかる。

その人が、新成人がちゃんとその村の所属であると示すのだが、その保証人には女性がなることができないのだ。

俺がなりたいところではあるのだが、身元保証人はその村に一定期間以上住んでいるものでないといけないらしく、開拓村は最近できた村な上、開拓当初からいない俺は身元保証人にはなれない。

なんでも、昔、ある村で、一人の村人が犯罪者の身元保証人になったことがあって、村はそいつを追放したらしいのだ。

話はそれで終わらず、そいつは毎年いろいろな村に移り住んでおんなじことを繰り返していたらしい。

それで、一定期間以上村に住み続けている男しか保証人になれないようになったのだとか。

ただ、女性でも貴族なら例外的に身元保証人になることができる。

つまり、アリアが貴族でなくなると、スイとリノは市民権を得られないのだ。

アリアは仲間のためとなると自分の身を顧《かえり》みないところがある。

これは説得しても聞き入れてくれないだろう。

「……アリアがそうしたいなら行ってくれれば良いんじゃないか？」

「レイン？」

俺が肯定的なことを言うと、ミーリアは驚いたように俺のほうを見る。

「ありがとうレイン！」

「そのかわり、ちゃんと一回戦で負けてすぐに帰って来いよ？」

「わかったわ！」

アリアはそう言って工房から出ていく。

おそらく、武闘会の準備に行ったのだろう。

「レイン！　武闘会は本当に危険なんですよ⁉」

「まあ、アリアなら大丈夫だろ。強いし」

「でも……」

ミーリアは不安そうにしている。

どうやら、自分たちの強さがまだわかっていないらしい。

「ミーリア、いま魔力の合計値って幾つ？」

「え？　合計値ですか？　33ですけど」

「そうだな。アリアも多分そんな感じだ。で、グレイウルフが10くらいになる」

「それがどうかしたんですか？」

「魔の森で修行しなかったら一年で魔力値は1くらいしか上がらないから他の参加者の魔力値は3か4。多くて5くらいなんだぞ？」

「あ……」

魔の森での鍛錬をしなければちゃんと訓練しても1年で1くらいしか上がらない。

実際、アリアもミーリアも訓練前は魔力値が3だったし、全く鍛錬していないキーリやスイ、リノなんかは2しかなかった。

「今更グレイウルフの半分の強さのやつに負けると思うか？」

「で、でも、武闘会は場外での闇討ちなんかの恐れもあって」

「一回戦で負けるならその辺の危険はないだろ」

「そ、それは。そうかもしれませんが……」

ミーリアはそれでも不安そうだ。

「そんなに心配なら、一緒に行ってくればいいのに」

「レインは知らないかもしれませんが、平民が貴族領の外へ出るためにはその領地を治める貴族の許可が必要なんです」

「あー」

そういえば、俺の国にもあったな。そういうの。

ほとんど移動しなかったから忘れてた。

「まあ、俺が昔使ってた使い捨ての魔道具とかをお守りとして持たせるから、よっぽどのことがない限り大丈夫だよ」

「……そうですか」

俺も不安が全くないわけではない。

いろいろとお守りを持たせて、万全の状態で送り出すつもりだ。

……危ないことをしそうな気がするので本人には言わないが。

調子に乗って危険なことに頭を突っ込まれても困るし。

俺たちはアリアに何を持たせるべきか検討しながら、アリアが準備を終えるのを待った。

◇◇◇

「じゃあ、行ってくるわ！」

「あぁ。ちょっと待って」

アリアが出発の準備を終えて工房に戻ると、レインが声をかけてくる。

アリアが振り返ると、レインは作業を止めて、アリアのほうに歩いてきた。

「これ、肌身離さずつけておいてくれるか？」

「何これ？」

レインはネックレスのような装飾品を渡してくる。

銀色のチェーンに赤い宝石が付いたネックレスだ。

一体何に使うものかわからない。

「それは、おま……修行のためのアイテムだよ。王都から帰ってきて一人だけなまっていたらいやだろ？　アリアの魔力を吸って、魔力が下がるのを抑える効果があるんだ」

「えぇ⁉　魔力って下がったりするの？」

急いでネックレスを首から下げると、その魔道具はアリアの魔力を吸収し始める。

今まで使った魔道具にないくらいの魔力の消費量だ。

たしかにこれだけ魔力を消費するのであれば、修行になるかもしれない。

「……場合によってはな。ここは魔力濃度が高いけど、王都は魔力濃度が低いからな。できるだけ外さないようにしてくれ」

「そうなのね。ありがとうレイン。寝るときも外さないわ！」

「……そうだな。それで頼む」

「？」

何かレインの歯切れが悪い気がする。

いつもなら、必要なことはもっと的確に言ってくれる。

こういうときはだいたい何かを隠している。

「……レイン、何か――」

「アリア！　大会頑張ってね！」

「無事に帰ってきてくださいね」

「キーリ！　応援ありがとう！　頑張ってくるわ。ミーリアは心配しすぎよ」

キーリとミーリアが応援の言葉をくれる。

応援してくれるキーリの言葉にも、心配してくれるミーリアの言葉にも心が温かくなるような気がする。

「アリア！　行ってらっしゃい」

「いって、らっしゃい」

「スイとリノもありがとう。何かお土産買ってくるわね」

「やった――！」

「ありがとう」

平民が王都に行くためには領地の貴族の許可が必要になる。

スイやリノが王都に行くことは当分ないだろう。

（お土産は何か王都を感じられるものがいいかな）

五人に見送られてアリアは家を後にした。

「あ、レインに何を隠しているか聞くのを忘れてた」

アリアは家を出た直後、さっきレインに何か隠し事をしていないか聞くつもりだったことを思い出した。

だが、ミーリアたちに応援されてそのことをすっかり忘れてしまっていた。

「……」

家のほうを振り返って戻るかどうか少し考える。

応援されて出てきた手前、今更聞きに戻るのもきまりが悪い。

「……まあ、良いか」

アリアはもらったネックレスを見てレインを信じることにした。

これまでも、レインが隠し事をしていたことはあるが、アリアたちの不利になるようなことは決してなかった。

今回もきっとアリアのためにしてくれたことだろう。

アリアは自分たちの家を背にして村の門へと向かった。

＊＊＊

「あら？　ジーゲさん？」

「アリアさん！　もう出発するのですか？」

門のところまで行くと、商人のジーゲが二人の護衛を連れて立っていた。

「ええ。そのつもりです。ジーゲさんはこんなところで何を？」

「少し用事ができたので、護衛の一人に急ぎ近くの町のほうに戻ってもらったのです」

そういえば、ジーゲの護衛は三人いたはずだが、今は二人しかいない。

あとの一人が街の方へ向かっているらしい。

「しかし、この跳ね橋は便利ですね。魔力を通すだけで簡単に下ろせる」

「ええ。レインが作ってくれたんです。何かあったら簡単に跳ね橋を下ろして逃げられるようにって」

この村に二つある跳ね橋は、どちらも人間が魔力を通せば下ろせるようになっている。

前に村が襲われたときに逃げられなかったから、レインが設置してくれたのだ。

元々別の所にあった装置らしく、細かい設定などはできないと言っていたが、こんなもの王都にだってないと思う。

しかも一定の時間が経てば何もせずとも上がるようになっているのだとか。

アリアが跳ね橋を見ていると、ジーゲが何かに気づいたように話しかけてくる。

「旅支度を済ませているようですが、まさか、これから王都に向かうおつもりですか？」

「ええ。そのつもりです」

この村に馬車なんて高価な物はない。

必然的に王都まで徒歩で行くことになる。

徒歩で行くとなると、武闘会にはぎりぎり間に合うかどうかの時機なので、できるだけ早く出る必要がある。

レインに鍛えてもらってなかったら王都までの旅なんてできなかっただろうから、ほんとにレイン様々だ。

「なんでしたらうちの馬を一頭お貸ししましょうか？　今回は二頭立ての馬車で来ているので」

「お気遣いありがとうございます。でも、乗馬の訓練は受けていないので」

アリアの生家は代々続く魔術師の家系だった。

だから、魔術が使えるようになるまでは何の訓練も受けさせてもらえなかったのだ。

同じ年に生まれた側室の子供はさっさと魔術が使えるようになって剣術や乗馬の訓練をしていたのに、アリアは何の訓練も受けさせてもらっていない。

「そうですか。それは悪いことを聞きました」

「いえ。もう終わったことですから」

「……」

ジーゲは申し訳なさそうにそう言った。

ジーゲはこの村の専属として辺境伯が選んだ人だ。

おそらく、アリアのこともある程度は聞いているのだろう。

「では、これで私は出発します。また今度お会いしましょう」

「……ええ。ではまた」

ジーゲさんはまだ何か言いたそうにしていたが、どうせ慰めの言葉だろう。

そんなセリフはもう聞き飽きた。

アリアは少し強引に会話を打ち切って村を出発した。

＊＊＊

「ふぅ。何とか武闘会までに王都に着いたわね」

アリアは王都の門を入ったところで軽く息を吐く。

道中、立ち寄った村で魔物討伐の依頼を引き受けていたので、王都に着くのがギリギリになってしまった。

それがなければあと数日は早く着けたはずだ。

レインに鍛えてもらっておいてよかった！

おかげで予想より移動時間は短くできた。

「ほんと危なかったわ」

さっき通ってきた門では門兵たちが閉める準備をしている。

もう夕方で、あと少し遅ければ閉門時間に間に合わなくなるところだった。

最後の三日は『身体強化』の魔術も使って全力で走ってきた甲斐《かい》があるというものだ。

「今日中に受付をしないといけないのよね」

受付は王城の側の闘技場で行われているらしい。

アリアは王都の中央に聳《そび》え立つ王城に向かってゆっくりと歩きだした。

＊＊＊

「あの。すみません。武闘会の受付はこちらでよかったでしょうか？」

「はい。こちらで問題ありません」

アリアは闘技場の外にある小さな簡易テントにいる女性に話しかけた。

闘技場の外での受付は伝統なのだそうだ。

まあ、実際は辺境の小さな貴族家を、普段自分たちが使う場所に入れたくないがために準備した受付で、中央に居を構える大きな貴族は家から出場の意思を表明するので、こんな受付には来ないらしい。

貴族に会うこともないのでアリアとしては助かる。

「紹介状をお見せください」

「はい」

アリアは紹介状を受付の女性に渡す。

所作が綺麗《きれい》なのでどこかのメイドか何かだろう。

女性は紹介状を確認し、何かの魔術を使う。

おそらく、無属性の魔術だと思うが、呪文が聞こえなかったので、何の魔術かはわからなかった。

「間違いありませんね。お名前をお聞きしてもよろしいですか？」

「……アリアです」

紹介状にはファーストネームしか書かれていない。

これは、伝統でこの武闘会で立派に戦うことでやっと貴族として認められるための措置らしい。

まあ、実際は受付で家名を聞かれてそれで対戦相手が組まれるのだそうだ。

「……家名は、名乗ることを許されていません」

アリアがそう言うと、受付の女性の態度があからさまに変わる。

「いるのよね。こういう勘違いが。これは貴族のための大会なんですよ。貴族じゃなくなった人間はお呼びじゃないのよ」

「な⁉」

アリアは一瞬激昂《げきこう》しそうになったが、スイとリノの顔を思い出す。

ここでアリアが怒ってこの大会に参加できなければ、彼女たちが不利な立場に置かれるのだ。

「……招待状が本物である以上、参加はできるはずですよね」

「ええ。私としても、娯楽がなくなるのは惜しいからね」

「娯楽？」

アリアがそう聞くと、受付の女性はいやらしく笑う。

「こういう勘違い女を高貴な貴族の方が粛清する娯楽よ。泣き叫んで、許しを乞う様はいつも滑稽なの」

「な⁉　降参が認められてるはずでしょ？」

「降参が審判に届けば降参しても良いのよ？　審判に届けば、ね。でも、勘違い女の声がちゃんと審判に届くかしら？　最初のほうの対戦は陛下もご覧になっていらっしゃらないしね」

「⁉」

そんな話聞いていない！

最初の戦闘が始まったらすぐに降参するつもりだったのに！

アリアがその話に硬直していると、受付の女性はアリアの手から招待状をさっと取り上げる。

「私、運がいいわ。大会は賭けもやっているの。でも、片方が降参してしまうと無効試合になってしまうのよ。降参した貴族様に悪いからね。でもあなたは違う。貴族崩れと貴族の対戦は倍率が偏りがちだけど、今からならそこまで偏らないはずだわ。貯金を全部賭ければ飲み代一回分くらいにはなるでしょ」

「あ、ちょっと」

受付の女性は手早く手続きを済ませる。

直後、鐘の音が聞こえてきた。

おそらく王城の時計塔の鐘の音だろう。

「はーい。受付終わりました。今日はこれでおしまいだから早く出ていって」

「ちょ、ちょっと待って！」

「面倒ね。衛兵さん。この貴族崩れを早く連れ出して！」

入り口の近くに立っていた衛兵が近づいてくる。

あんな強そうな男たちに何かされるのは嫌。

「……帰ります」

「大人しくそうしていればいいのよ」

受付の女性は満足そうに笑う。

アリアが大人しく引いたのを見て、衛兵の人も下がっていく。

「あぁ。逃げようったって無駄よ？　王都の門番はあなたの試合が終わるまであなたを通さないし、逃げたら高貴な大会を穢《けが》した者として、死罪になるんだからね」

「……わかってます」

受付の女性はテントから出ていくアリアの背中に声をかけてくる。

その声には隠しきれない喜色が含まれていた。

＊＊＊

「どうしよう……」

アリアは城壁近くの安宿に入り、ベッドに倒れていた。

まさか、棄権すらできないとは思っていなかった。

今まで武闘会はちゃんと見たことがなかった。

決勝戦は見に行ったことがあるが、下位貴族や貴族崩れが戦う初日は一度もいたことがない。

こんなことになっているとは思ってもいなかった。

貴族でなくなった者が、無様に戦って死んだという話を聞いていたから、ずっと棄権すればいいのにと思っていた。

だが、彼らも同じで棄権できずに嬲《なぶ》り殺されたに違いない。

こんなことなら一度くらい見に行っておけばよかった。

そういえば、武闘会を見に行った弟は興奮した様子でその様を話していた。

人を嬲り殺すのを娯楽にするなんて。

貴族がここまで腐っているとは思わなかった。

「何とか、勝たないと……」

アリアはよろよろと立ち上がって武器の手入れを始めた。

魔物を倒したときについた血や肉がこびりついている。

持ってきた布で丁寧に剣の汚れを取る。

だが、すべてを拭いとることはできないし、よく見れば剣には小さな傷がたくさんある。

「キーリ……」

キーリがやるようには綺麗に直せない。

「痛っ！」

誤って指先を浅く切ってしまう。

傷口を口に含んで血が止まるのを待つ。

アリアはミーリアと違って回復魔術を使えないので傷を治すことはできないのだ。

「ミーリア、リノ、スイ……」

手を止めるとみんなの顔が順々に浮かんでくる。

「死にたくないよ。レイン」

アリアは涙を流しながら剣の手入れを続けた。

＊＊＊

「さぁ！　やってきました！　武闘会一日目！」

翌朝。

会場には実況の女性の声がこだましている。

あの声は、この闘技場に備え付けられた古代魔術師文明時代の魔道具によって拡大されているらしい。

この闘技場全体が古代魔術師文明時代の遺跡で、昔からこんな感じに見せ物に使われていたのだとか。

古代魔術師文明時代の人も、思っていたより野蛮なんだなと子供心に思った記憶がある。

アリアは闘技場の入場口のところまで来ていた。

ここまでどうやって来たかは覚えていない。

ただ、逃げられないのでここに来た。

そんな感じだ。

アリアの出番は一番最初らしく、闘技場に着くと、すぐにこの場所に通された。

「やれることをやらなきゃ」

アリアはレインがくれたネックレスに付いた宝石をキュッと握る。

それだけで震えが少し和らぐ気がする。

この魔道具は修行用の魔道具だから魔力を今も吸い続けている。

試合には外して来ようか悩んだが、つけてくることにした。

なぜか、このネックレスをつけていると、レインに見守られているような気分になるのだ。

もしかしたら、試合中、ピンチになればレインが助けにきてくれるかもしれない。

「ふふ。そんなことありえないのにね」

レインは今、開拓村にいる。

開拓村からこの王都まで馬車で半月以上かかるのだ。

そんな遠くにいるレインが、ピンチになったからって現れてくれるはずがない。

「では、一回戦の出場者を紹介しましょう！　ロール男爵家三男、デイル＝ロール様！」

「「「「わぁぁぁぁぁぁ！」」」」

歓声を受けて、反対側の入場口から男性が入場してくる。

彼は観客に手を振りながら闘技場の中央に設置された石の舞台に上がる。

どうやら、アリアの相手はロール男爵家の三男らしい。

ロール男爵家はアリアの生家であるフレミア家と関わりが強かった。

その関係もあり、この対戦カードになったのかもしれない。

「対するは、愚かにも貴族の祭典である武闘会に参加してきた開拓村の村長。アリア！」

「「「「ブ────！」」」」

「ひっ！」

次にアリアの名前が呼ばれる。

会場中からブーイングが聞こえる。

みんながアリアに対して敵意を抱いている。

誰かの敵意が、ここまで恐ろしいものだとは思わなかった。

ただアリアは魔術が使えなかっただけなのに。

まるで世界すべてが敵になったような気分だ。

アリアが一歩たじろぐと、首から下げたネックレスが揺れる。

そのひんやりとした感覚が、アリアは一人じゃないと思い出させてくれる。

「……」

アリアは目を閉じて村のみんなのことを思い出す。

ここを乗り切ればスイとリノに市民権を与えられる。

もし開拓村がなくなっても、キーリやミーリアが路頭に迷わなくて済むようにいろいろと手助けができる。

レインの呪いを解くために、遺跡がたくさんありそうなあの魔の森の近くの村はなくしたくない。

そのためには、何としてもここで生き残って、貴族として村に帰らないと！

再び目を開けたとき、不思議と体が軽く感じた。

(ネックレスが力をくれているように感じるけど、きっと気のせいよね)

アリアは一歩、戦場に向かって踏み出した。

「逃げずに来たとは、落ちこぼれにも貴族の矜持《きょうじ》は残っていたようだな」

「逃げても意味がありませんから」

「ふん。敬語は使えるようだな。腐っても貴族ということか」

「おほめに預かり光栄です」

「ふん。光栄に思うことだな。僕は……」

アリアはできるだけ丁寧に言葉を返す。

生存確率を上げるためにも、対戦相手にはできるだけ気分を害してほしくない。

アリアは会話を受け流しながら闘技場の中を確認する。

闘技場の観客席はまばらにしか埋まっていない。

ここに入れるのは貴族だけだ。

さすがに、貴族崩れの惨殺ショーを好んで見に来る貴族はそこまで多くないようだ。

もし満員だったら、この国の先行きが心配になるところだ。

アリアとデイル＝ロールが立っている石舞台は正方形だ。

そこまで広くなく、二十歩ほどで端から端まで行ってしまうだろう。

逃げ回るには少し狭い。

この石舞台の外に出れば負けとなるが……。

（たぶん、私が外に出ようとすれば何かしてくるんだろうな）

石舞台の周りにはぐるりと取り囲むように騎士が立っている。

おそらくだが、出ようとすれば彼らが持っている武器で押し戻されるのだろう。

本当に悪趣味だと思う。

「ごほん。デイル＝ロール様、そろそろ始めてもよろしいでしょうか？」

「おっと、すまない。いつでも始めてくれ」

しばらくすると、審判がデイルの自慢話を止めに入った。

さすがに、彼の話は長いと思われたらしい。

うんうんうなずいているだけでよかったので、アリアとしては願ったりだったのだが、そう簡単にはいかないようだ。

「では、両者、正々堂々と戦うように！　試合開始！」

審判の掛け声と同時に、アリアの命をかけた戦いが始まった。

「負けました！」

試合が始まった直後、アリアは大きな声で敗北を宣言する。

しかし、審判は動かない。

会場からも失笑する声が聞こえてくる。

やはり、簡単には逃げられないようだ。

「はっはっは！　それがお前の作戦か？　やはり貴族崩れはロクな作戦が立てられないらしいな」

(ダメでもやってみないわけにはいかないわ)

レインが言っていた。

諦めたらそこで終わりだって。

アリアは剣を抜いて構えをとる。

会場中からまたブーイングが響き、気が少し重くなる。

「全く、貴族崩れは往生際が悪い。さっさと死んでおけばいいものを」

「……最後まで、諦めるつもりはありません」

「……ふん。まあいい、だが、そんなナマクラでは役に立たないぞ？」

デイルは右手をアリアのほうに向ける。

「僕は魔術が得意だからな」

「⁉」

そうだった。

この大会は魔術の使用が許可されている。

アリアは攻撃系の魔術をまだ習得できていない。

攻撃は剣でやるから勉強していなかったのだ。

「驚いているようだな。お前の使えなかった魔術でお前を葬ってやるよ。『火球』！」

(しまった。魔術を使う相手には、狙いをつけられないように動き回って対処するように、レインから言われていたのに！)

アリアはすでに遅いかもしれないと思いながら『火球』を避けるように全力で走る。

「あれ？」

『火球』はまっすぐに飛んでいき、闘技場の壁に当たって消える。

「おーーっと！　ここでデイル様の『火球』が放たれる！　すごい！　すでに攻撃魔術を習得してるとは！　ドブネズミは逃げることしかできない！」

「「「「ワーーーーー！」」」」

歓声が会場中から聞こえてくるが、アリアは別のことが気になっていた。

(あれ？　どうしてあの『火球』、曲がらないの？)

スイと鍛錬していたときは避けるアリアを追いかけるように『水球』が飛んできていた。

スイが防具を狙ってくれたのでダメージはほとんどなかったが、すごい衝撃を受けていた。

だが、デイルの魔術はまっすぐ飛んでいって壁に少し黒い焦げ跡を残しただけで消えた。

(もしかして)

前にレインから聞いたことがある。

魔術にはいろいろな事を設定する必要がある。

その設定項目が多いのが放出系の魔術なので、難易度が高い。

だけど、抜け道もある。

設定を何もしなくても魔術自体は発動するのだ。

その場合、魔術は右手からまっすぐに前に飛んでいく。

そして最初に何かに当たれば魔術式が解けて魔術が終了するのだそうだ。

そのとき、そんな魔術は使えないから使わないようにしろと言われた。

使っていれば癖がついちゃって咄嗟《とっさ》のときに使えもしない魔術を使うことになるからと。

(もしかして、これがそうなの?)

「クソ！　ちょこまかと！　『火球』『火球』」

デイルは何発も『火球』を打つ。

だが、そのすべてがまっすぐにしか飛んでいない。

それに、あまり効かなそうだ。

(これなら、何とかできるかも)

アリアは逃げるのをやめて立ち止まる。

「はぁ。はぁ。やっと観念したか」

「……」

まだ十発も打っていないのにデイルはふらふらだ。

おそらく魔力が少なくなっているのだろう。

スイなら数百発打ってもケロッとしているのに。

もしかしたらデイルはあまり強くないのかもしれない。

「消し炭にしてやるよ！　『火球』『火球』『火球』！」

デイルが三発の『火球』を放ってくる。

アリアはデイルに向かって駆けだす。

一発目は右によける。

一発目をよけると、驚愕《きょうがく》した顔のデイルが視界の中に入ってくる。

二発目は左によける。

デイルの顔は引きつる。

「はぁ！」

すぐ目の前に迫った三発目の『火球』を剣で掬《すく》い上げるように斬る。

案の定、剣が当たると『火球』はすぐに霧散する。

ものに当たったら消えてしまうレベルの魔術だったようだ。

「はぁぁぁぁ！」

デイルまであと五歩。

まだどんな隠し玉を持っているかわからない。

剣を振り上げたままデイルのほうに駆ける。

「う、うわぁぁぁぁぁ！」

アリアがあと三歩まで迫ったとき、デイルは大きな声を上げて逃げだした。

そのままデイルは石舞台を降りて、入場口の奥へと消えていく。

「……」

アリアはデイルがいた位置で立ち止まる。

この後どうしたらいいんだろう？

そして、審判のほうをちらりと見る。

「ひっ！　しょ、勝者。アリア！」

「へ？」

今、勝者はアリアって言った？

「……勝っ……た？」

口に出して初めて実感が出てくる。

勝った。

「……やった。やった！」

アリアは貴族に勝ったのだ。

『はぁ？　なんで勝ってんだよ』

「え？」

実況の声に顔を上げる。

すると、観客席の全員が冷たい目でアリアを見下ろしている。

（どうしてみんなそんな目で見るの？　私、勝ったんだよ？）

戦闘の興奮で鋭敏になっている聴覚が観客の声を拾ってくる。

「つまんね。なんでお前が勝つんだよ」

「私の貯金返してよ！」

「貴族崩れはおとなしく貴族様に嬲られてればいいんだよ！」

誰一人としてアリアの勝利を喜んでくれてはいない。

勝てば、結果を出せば、みんな認めてくれると思っていた。

だが、現実はそこまで甘くない。

アリアの味方はどこにもいない。

心が冷たく冷えるような感覚がする。

「ほんと。死ねばよかったのに」

誰かがそう呟《つぶや》く声が聞こえて、アリアは目の前が真っ暗になった。

◇◇◇

「……ルコ」

リグルはフラフラとした足取りで会場から出ていく異母妹を見ながら専属メイドのルコを呼ぶ。

「はい、リグル様」

リグルが声をかけると控えていたルコがすぐ近くに寄ってくる。

ここは貴族専用の座席で小さく区切られているが、あえて大きな声で話す必要もないだろう。

「あの落ちこぼれが使っていた魔道具は我が家の魔道具か？」

「……魔術を斬る魔剣は我が家の魔道具リストにありませんでしたが、あんな者とはいえ、フレミア家の関係者。あの者の持ち物は全てフレミア家の物なのではないですか」

「そうだな」

お父様から、あの落ちこぼれの異母妹が愚かにも武闘会に出場すると聞いたときは耳を疑った。

お父様は他の貴族の目に触れさせずに処分したかったらしく、本来であれば明日の夕方にやるはずの試合を今日の初戦に移動させたらしい。

リグルはあの忌々しい異母妹がむごたらしく死ぬ様を見たかったのでわざわざ出向いてきてみたが、どうやら、何かの魔道具を手に入れたので出場してきたらしい。

「落ちこぼれに魔道具など、過ぎた物だ。今日にでも返却させるべきだろう。回収に行ってこい」

「……抵抗されるかもしれませんが、いかがしますか？」

確かに抵抗されれば面倒だ。

「あいつは平民のようなものだ。いつものように下水道の魔物に処理させればいいだろう」

下水道の魔物は魔道具や宝石など、貴重なものは溶かさない。

話によると、あの魔物は昔、下水道の掃除屋だったらしい。

おそらく、古代魔術師文明時代に、貴重品を誤って落としてしまう者がいて、その対策だったのだろう。

死体も残らないし、あいつを処分するのにはちょうどいい。

魔道具を下水道に取りに行くのは手間だが、平民を使えばなんとかなるだろう。

「承知しました。準備いたします」

ルコはそう言い残して会場から出ていった。

◇◇◇

「……」

アリアは昨日と同じ汚い宿の一室でベッドに突っ伏している。

武器や防具を外す気力すらなく完全装備のままだ。

ベッドが汚れてしまうかもしれないが、もともと汚いベッドだったし、そこまで怒られることもないだろう。

試合の後、どうやって帰ってきたかは覚えていない。

会場にいた貴族の反応は予想以上にアリアの心をえぐった。

もう、貴族じゃなくなったことを気にしていないつもりだった。

だが、頭ではわかっていても、心ではまだ貴族のつもりだったようだ。

成果を残せば認められると思っていた。

ちゃんとした結果を残せば、貴族に戻ることができると期待していたのかもしれない。

だが、現実は今日見てきた通りだ。

アリアはもう貴族崩れで、これから先どれだけの成果を出しても認められることはない。

まして、貴族に戻るなんてことはもうありえない。

子供の頃のように、父と母に囲まれた温かい生活に、もう戻ることはできない。

「……もう、諦めたつもりだったんだけどな」

アリアは父親と母親のことを思い出していた。

アリアの母親は父親の正室で、魔術も得意な人だった。

子供の頃、父親と母親はアリアのことを本当に可愛がってくれたと思う。

欲しいものは何でも買ってもらえた。

誕生日や年末などの節目には必ず一緒に過ごしてくれた。

父親の光魔術はお願いすれば見せてもらえた。

母親も、事あるごとに火の魔術を見せてくれた。

お願いすれば一緒のベッドで寝てくれた。

アリアが寝るまで絵本を読んでくれたこともある。

(いつからだろうか？　二人が私のことを見てくれなくなったのは)

父親は側室の子であり魔術が得意な同じ年に生まれた兄に、母親は五つ年下の弟にばかり構うようになってアリアのことを全然見てくれなくなった。

きっかけは十歳から魔術の訓練を始めたアリアが、一向に成果を出せなかったことだ。

数ヵ月で魔術が発動できるようになるはずなのに、一年経っても、三年経っても、アリアは最初の『身体強化』さえ使うことができなかった。

次第に家ではいないもののように扱われるようになっていき、一年前、家を出る直前は使用人にすら無視されていたっけ。

家を出て、伯母である辺境伯に拾われて、開拓村で村長を任されて、レインの訓練を受けた。

(家族以上の存在ができたから、本当の家族のことはもうどうでもいいと思っていたのに……)

頭ではそう思っていても、心では子供の頃に戻りたいと願っていたようだ。

「……寂しいよ。キーリ、ミーリア」

アリアは村の仲間のことを順々に思い出す。

「リノ、スイ」

顔を思い出すだけで、冷え切った心が少しだけ温かくなるように感じる。

アリアは首から下げたネックレスをギュッと握る。

もっと心が温かくなる。

「……レイン」

――コンコン

村のみんなのことを思い出していると、部屋をノックする音が聞こえてくる。

アリアはベッドから起き上がり、扉のほうを見る。

「だれ?」

ノックの主は答えない。

再度扉がノックされる。

窓の外を見ると、日が傾き、空が赤くなってきている。

試合があったのが朝一だったから、かなり長い間ベッドの上にいたようだ。

今はおそらく夕食前の時間だから、人が訪ねてくること自体はおかしなことではない。

だが、アリアはこの宿に泊まっていることをだれにも教えていない。

というか、この王都には家族以外に知り合いはいない。

「もしかして、レイン?」

レインが私を心配して訪ねてきてくれたのかもしれない。

そうだ。

ネックレスをくれるときにレインは挙動不審だった。

もしかしたら、このネックレスにアリアが落ち込んだら知らせが飛ぶような仕組みがついていたのかもしれない。

そうであれば、ネックレスを使ってアリアの居場所を探れるかもしれない。

村との距離だって、レインならば何とかしてしまうだろう。

なんてったって名前も聞いたことがないような遠い国から来たんだから。

そうだ。

そうに違いない。

アリアは急いで扉を開ける。

「レイ……ン?」

部屋の前に立っていたのはレインではなく、貴族っぽい雰囲気の女の子だった。

「……えーっと。あなたはだれですか?」

扉の前に立っていたのは金髪で、アリアより少し年下の女の子だった。

国の正装であるドレスをきっちりと着込み、背筋をピンと伸ばして立っている。

このボロ宿には似つかわしくない貴族みたいな出で立ちの女の子だ。

しかし、貴族風ではあるが、全体的に少し質素な雰囲気がある。

そこまで爵位の高い家ではないのかもしれない。

「覚えて、いらっしゃいませんか？　アリアお姉様。私、リーシャ＝フレミアです」

「……フレ……ミア」

フレミア家。

アリアの生家だ。

そのフレミア家の人間がアリアになんの用だろうか？

「そう警戒しないでください。私はお父様に言われてお姉様を呼びに来たのですから」

「父様から？」

さっきまで考えていた人の名前が出て、アリアは警戒を緩めそうになる。

だが、もしかしたらフレミア家の名を騙《かた》る詐欺師かもしれない。

父親がアリアに興味を持っているわけないのだから。

「でも、私、あなたのことを知らないわ。本当にフレミア家の人間なの？」

「ふふ。お姉様とは二、三度しかお会いしていませんものね。お姉様は正室の子で私は側室の子。身分が違いましたから」

そういえば、何人かいる父様の側室の子供にリーシャという名前の娘がいた気がする。

面識はないから、目の前の少女が本当にそのリーシャかはわからないが。

「そんなことより、お姉様！　今日の戦闘は見事でした」

「え？　そ、そう？」

リーシャはキラキラした瞳でアリアを見上げてくる。

「えぇ。魔術が達者という噂のロール家のデイル様を完封でしたから。お父様も大層お喜びでした」

「父様が⁉」

父親が喜んでいたことを聞いて、アリアの声が弾む。

昔の、子供の頃の、柔らかく微笑みかけてくれていた父親の顔が浮かぶ。

もしかしたら、あの笑顔でアリアのことを見ていたのだろうか？

「……父様が私の戦いを見ていてくれたの？」

「えぇ」

「父様が私のことをほめてくれたの？」

「大層お喜びでしたよ」

「そう」

あの優しかった父親がアリアのことを認めてくれた。

それだけで今までの辛い気持ちが洗い流されるようだった。

「それで、お父様はお姉様と会って話したいとおっしゃったのです。お姉様を呼んでくるようにと私が遣わされました」

「父様が！　私を⁉」

もう数年間、アリアは父親とは会っていない。

家ですれ違った際も、汚物でも見るような目で見られるだけで、言葉すら交わしてくれなかった。

そんな父親がアリアを呼んでくれている。

もしかしたら、また微笑みかけてくれるかもしれない。

そう思うと居ても立ってもいられなかった。

「外に馬車を待たせていますから、一緒に向かいましょう」

「そ、そうね。行きましょう」

アリアは今にも踊りだしそうな足取りでリーシャの後に続いて馬車へと向かった。

浮かれていたアリアは、リーシャの口元が不気味に歪《ゆが》んでいることに気が付かなかった。

＊＊＊

「着きましたよ」

「ありがとう」

リーシャに案内された場所は子供時代を過ごしたフレミア家の邸宅……。

……ではなかった。

それどころかどこかの屋敷ですらない。

きれいに石畳の敷き詰められた円形の広場のようなところだ。

中央に大きな穴が開いている。

こんな場所に来るのは初めてだ。

夕暮れということで、少し薄暗いが、広場をぐるりと囲むように松明がたかれていて、足元はちゃんと見ることができる。

だが、不気味な気配は拭い去れない。

不安な気持ちに駆られてリーシャの方を見ると、リーシャはニッコリと微笑み返してくれる。

「あの、リーシャ？　ここはどこ？」

「……お姉様を正式に家に戻せるのは武闘会が終わった後になります。お姉様は公式には家を出された身、屋敷で会うのは外聞が悪いのです。それでも、お父様がどうしてもお姉様をほめたいということで人気《ひとけ》のないここへ」

「そうなの」

「……ええ。ですのでもう少し待ってくださいね」

アリアは少し違和感を感じたが、父親に会えるかもしれないという期待がすべてを塗りつぶしていた。

（どんな言葉をかけてもらえるのだろう）

もう数年間言葉を交わしていない。

もしかしたら、父親だけじゃなく、母親も一緒に来てくれるかもしれない。

（いけない。ソワソワしていたら父様と母様に叱られるわ）

アリアはじれったい気持ちを誤魔化すように周囲を見回す。

そして、中央に開いている大きな穴に目が行った。

井戸にしては大きすぎる。

あまり人の来ないところだという話だから、もしかしたら枯れた溜め池とかだろうか？

「ねぇ。あの穴は何？」

「ふふ。あの穴は面白いんですよ。少し覗《のぞ》き込んでみてください」

「？？」

近くに寄って覗いてみるが、結構深いらしく、暗くて底までは見えない。

仕方がないので、近くから火のついた松明を一本引き抜く。

それを持って、穴の縁《ふち》に立ち、松明をかざして穴の中を照らしてみる。

穴の下部は大きな空洞になっていた。

松明の光では全体を照らし出せてはいないが、リーシャの言うように面白いものが中にあるようには見えない。

「ねぇ。リーシャ？　中には何も――」

――ドン！

「なぁ！」

アリアが振り返ってリーシャに話しかけようとすると、何者かに突き飛ばされる。

そして、アリアは穴の中に真っ逆さまに落ちていく。

落ちていくアリアの瞳には穴の縁に立つリーシャの姿が映った。

リーシャはアリアを見下すように笑っていた。

「イタタ」

一瞬の浮遊感を感じた後、アリアは地面に叩《たた》きつけられた。

そこまで深い穴ではなかったのだろう。

体を軽く確認してみるが、大きな怪我は負っていない。

上手い具合に受け身を取れたようだ。

盾役は吹き飛ばされることもあるということなので、レインに受け身の訓練を受けさせられていた。

それが図らずも役に立った。

「ちょっと！　リーシャ？　何するのよ」

アリアは穴の縁に立っているリーシャに向かって大声で話しかける。

リーシャは冷たい目でアリアを見下ろしていた。

「クスクス」

そして、リーシャはおかしそうに笑う。

その瞳はどす黒い悪意で濁って見える。

「な、何がおかしいのよ？」

「私はリーシャなんかじゃありませんよ」

「え？」

一瞬、彼女が何を言ったのかわからなかった。

だって自己紹介をしたのはついさっきだ。

彼女は間違いなくリーシャと名乗っていた。

「じゃ、じゃあ、あなたは誰なの？」

「私はルコ。フレミア家でメイドをしている者です」

「メイ……ド？」

ルコはクスクス笑いを止めてアリアを見下すような顔をする。

「そうです。先ほどまで言ったことは全部嘘《うそ》です」

「じゃ、じゃあ、父様が私に会いたがっているというのは」

「嘘に決まっているじゃないですか。御当主様がお前みたいな落ちこぼれに会いたがるわけないでしょ？」

「な⁉」

ハメられた。

アリアはこのときようやくそのことを理解した。

アリアが喜びそうなことを言って、ここにおびき出すのが目的だったんだ。

「どうしてこんなことを」

「それは俺から話してやろう」

「リグル様」

ルコが一歩隣にずれると、ルコの後ろから一人の男が出てくる。

金髪の男性が穴の縁に立つ。

「……リグル」

ルコの隣に立ったのはアリアの腹違いの兄にあたるリグルだった。

リグルは側室の子だ。

幼い頃はあまり会うことはなかったが、十歳になってから、魔術の訓練などで何度も顔を合わせている。

アリアが落ちこぼれと言われるようになってからは父親の期待を一身に受けるようになり、アリアのことを明らかに見下す態度をとるようになった。

「どうやら、落ちこぼれでも俺の顔は忘れていなかったらしいな」

「あんたがこんなことを計画したの？」

アリアがリグルをあんたと言うと、彼のニヤニヤ顔が怒りの表情に変わる。

「……口を慎めよ、落ちこぼれ。昔と違って俺は貴族でお前は落ちこぼれなんだからな」

リグルはアリアを汚物でも見るように見下す。

アリアは反論できなかった。

彼の言っていることは事実だったからだ。

アリアは魔術が使えず、落ちこぼれになった。

彼は今やフレミア家の後継候補だ。

アリアが悔しそうな顔をすると、リグルは満足そうに笑う。

「ふっ。まあいい。どうせお前は死ぬんだ」

「？・？・」

リグルは何を言っているのだろうか？

（私が、ここで、死ぬ？）

たしかに、このままここから脱出できなければ、次の試合に参加できない。

もし救出されたとしても武闘会を汚したとして処刑されることになるかもしれない。

おそらく、落ちこぼれ扱いのアリアの意見など聞いてもらえないだろう。

だが、それはここから脱出できなければの話だ。

アリアは自分を奮い立たせるためにもリグルを睨みつける。

「……こんなところ！　試合までにぜったいに脱出してやるんだから！」

穴は深いと言っても身長の三、四倍くらいだ。

このくらいの高さであれば、なんとかよじ登ることもできるだろう。

「ふふふ」「クスクス」

アリアのセリフに、リグルとルコの二人は笑い出す。

「何がおかしいのよ」

「いや、ここがどこかわかっていないようだな」

「どこか？・」

アリアは近くに落ちていた松明を拾って周りを見回してみる。

そこまで広い場所ではない。

空気が湿っぽいのは地下だからだろうか？

そういえば王都は巨大な遺跡の上に作られている。

そのため、王都の地下には古代魔術師文明時代の下水道とかいうものがあると聞いたことがある。

もしかして、ここがその場所なのだろうか？

いまは少しでも情報が欲しい。

外に出るためのヒントにできるかもしれない。

「……もしかして、下水道とかいう場所？」

「ほう。落ちこぼれにまで知られているとは、さすが偉大な王都だな」

「ここが下水道だったらどうだっていうのよ」

「……ふん。落ちこぼれの知識はそんなものか。ならば教えてやろう。いや、その必要もないようだな」

二つある通路の一方からズズッ、ズズッという何かを引きずるような音が聞こえてくる。

音は次第に大きくなっていく。

そして、通路の奥にそいつが姿を現した。

いや、姿を現したと言っていいのだろうか。

そいつの体は半透明で表面はテラテラと光沢を持っている。

そいつは、高さがアリアの倍はありそうな半円形の通路に、詰まるように存在していた。

だが、実際には詰まっているわけではないようだ。

ゆっくりと、だが確実にアリアのほうに近づいてきている。

どうやら、さっきから聞こえていたズッという音はあいつが通路を通り抜けようとしている音だったようだ。

（あれは、強い）

逃げるべきなのはわかっていた。

しかし、アリアはその場を動けないでいた。

今までグレイウルフと何度も戦ってきて、少しだが魔物の強さがアリアにもわかるようになってきている。

その感覚を信じるなら、あいつはグレイウルフなんかとは比べ物にならないくらい強い。

あいつからは逃げ切れるかわからない。

もしかしたら背中を見せれば一気に襲いかかってくるかもしれない。

アリアはその半透明の物体を睨みつける。

そして、ついにその半透明の物体がアリアのいる場所にゆっくりと入ってきた。

「何？　こいつ……」

アリアのいる場所に入ってきたそいつは、濁った液体のような体で、小屋くらいの大きさだった。

体から生えた何本もの触手がウネウネと動き回っている。

そのうちの一本がアリアに向かって伸びる。

「くっ！」

アリアはその触手を必死に避ける。

触手は鞭《むち》のようにしなり、アリアがいた場所に小さな穴を穿《うが》った。

あんなものを受けたら怪我ではすまない。

「そいつはスライムだよ」

「スライム？」

聞いたことのない魔物だ。

記憶を遡ってみるが、王都で読んだ本でも見たことがなかったし、レインの説明でも聞いた覚えがない。

「やはり無知だな。知らないなら教えてやろう。そいつらは古代魔術師文明時代の人工生命体だ。なんでも捕食する。古代魔術師文明時代は操る方法があったらしいが、今では失われてしまっている」

「人工……生命体……」

「そうだ。そいつには王国の騎士団長ですら勝てない。お前が勝てるはずがないだろ？」

そういえば、古代魔術師文明時代にはそういうものがたくさんいたと聞いたことがある。

キーリが作ろうとしているゴーレムもその一つだ。

（もしゴーレムのようなものなら、倒せないわけではないはず！）

アリアは松明を左手に持ち変え、右手で腰に吊《つ》るしていた片手剣を抜く。

「……おい、ルコ。あの落ちこぼれ、武装したままじゃないか」

「申し訳ありません。部屋を訪ねたときにはすでに完全武装状態でしたので。武装解除しようとすると怪しまれる恐れがあったので武装解除は求めませんでした」

「そうか。それなら仕方ないな。……『火球』」

リグルはルコと話しながらアリアに向かって『火球』を打ってくる。

「な⁉」

アリアはとっさにその『火球』を右手に持った剣で斬り捨てる。

「やはり、あれがデイルの『火球』をかき消した魔剣だったか。おい落ちこぼれ。その魔剣をこっちに寄越せ」

リゲルはアリアが『火球』を斬り捨てたのを見て満足そうにそう言う。

(何を言っているの？　これが魔剣？)

たしかに、魔力は通りやすいように加工してあるという話だったが、これはなんの仕掛けもないただの剣だ。

「……それをこちらに渡せば助けることも考えてやるぞ？」

リグルはいやらしい顔でアリアのほうを見る。

おそらく、剣を渡したところで助ける気はないだろう。

そうでなくてもアリアの答えは決まっている。

「死んでも嫌よ！」

たしかに、これはただの剣だ。

だが、この剣はレインがアリアのために用意してくれたもので、キーリが何度も直してくれたもので、仲間たちをこれまで守ってくれた戦友だ。

あんな卑怯者《ひきょうもの》の手に渡すなんてぜったいに嫌だ。

「ふん。生意気な。『火球』。『火球』。『火球』」

「くっ！」

アリアはリグルの『火球』を避ける。

避けた先でまたスライムの触手が振るわれ、間一髪それを避けた。

（ここで戦っちゃダメだ）

リグルの火球はそれほどのダメージにはならないと思うが、受ければ足が止まってしまう。

その隙にスライムの攻撃を受けてしまえば一巻の終わりだ。

「どうすれば……」

だが、スライムはアリアを待ってはくれない。

次の攻撃のために触手の一本を振りかぶる。

（考えている時間がない！）

アリアは攻撃に備える。

しかし、スライムの次の攻撃対象はアリアではなかった。

スライムはリグルに向かって触手を振るう。

「リグル様！」

「うわっ！」

ルコがとっさにリグルを突き飛ばした。

スライムは無差別に攻撃を繰り返しているらしい。

おそらく、リグルが魔術を使ったことであのスライムに認識されたのだろう。

「リグル様。下がりましょう」

「くそ。これだから魔物は。俺の高貴さも理解できないとは」

(今のうちに!)

スライムがリグルに気を取られている隙に、アリアはスライムのいないほうの通路に駆け出した。

◇◇◇

「くそ。あの落ちこぼれめ。俺の魔剣を持ったまま行きやがった」

リグルが穴から少し離れると、スライムの攻撃は止んだ。

あのスライムは下水道の外には出てこられないのだ。

どうやら、作られたときにそう設定されているらしい。

そうでもなければあんな魔物がいる場所の上に王都を作ることもなかっただろう。

スライムはすぐにあの落ちこぼれの後を追って行った。

スライムがいなくなった頃に穴の中を覗き込む。

穴の中にアリアの姿はなかった。

アリアの持っていた魔術を打ち消す魔剣も残されていない。

あの魔剣が手に入ったから武闘会に参加したのだろうが、あんなもののタネさえわかってしまえば恐れるものではない。

だが、役には立つのでもらってやろうと思ったのだ。さっさと渡せばいいものを。

「所詮、落ちこぼれですから、道理を弁《わきま》えていないのでしょう。それより、リグル様。アリアは逃げてしまいましたがいいのですか？」

ルコは少し不安そうにリグルに質問する。

まあ、こいつは貴族の名を騙るという罪を犯しているのだ。

バレれば斬首にされてもおかしくない。

「心配するな。たとえ生き残ったとしても、落ちこぼれの言葉など、誰も信じない。それに生き残ることはまずありえない」

「？　どうしてですか？　あのスライムはそこまで速そうではなかったので、逃げ切ってしまうこともありえると思うのですが」

リグルはルコを抱き寄せてニヤリと笑う。

そして、アリアが逃げ切れない根拠を教えてやる。

「地下にいるスライムは一匹だけではないからな」

リグルの発言を聞いてルコは安心したように体を預けてくる。

「明日は試合だ。それほど時間は取れないが、今夜も相手をしてくれるか？」

「光栄です」

リグルの腕の中でルコは頬を赤らめる。

リグルたちは馬車に乗って屋敷への帰路についた。

◇◇◇

「はぁ。はぁ」

ズズッ……ズズッ……。

どれくらい走り続けているだろう。

グレイウルフであればもう撒《ま》けているはずだが、スライムはまだアリアの後ろをついてきている。

通路は一直線で、左手に持った松明の光だけが頼りだ。

今気づいたが、ネックレスも淡く点滅している。

いつもは淡く発光しているのに、もしかしたら壊れたのだろうか？

いや、今はそんなことを気にしている場合ではない。

どちらにしろ、ネックレスの光だけでは何も見えなかっただろう。

本当に松明があってよかった。

ここは下水道のはずだが、水などは流れていない。

下水道を使うことが許されているのは貴族だけのはずだから、この上は一般市民の住むエリアなのだろう。

一般市民の住むエリアの下水道への入り口は封鎖されているので、なんとかして貴族区のほうまで逃げる必要がある。

気のせいか、スライムの出す音はしだいに大きくなっているように思える。

少しずつ差を詰められているのかもしれないが、振り返っている余裕はない。

(リグルがもっと長いこと注意を引いてくれてたらよかったんだけど)

スライムの注意はリグルたちからすぐにそれてしまったらしく、通路に入ってすぐにスライムはアリアの後を追い出した。

不幸中の幸いというべきか、移動中はスライムは攻撃してこないらしく、逃げている間は触手が飛んでくる気配はない。

いや、狭い通路の中では触手を振るえないのかもしれない。

どちらにしろ、本当に距離を詰められているのであれば、油断はできない。

たとえ触手がなかったとしても、あんなものに近づかれればどうなるかわからない。

取りこまれるかもしれないし、押し潰されるかもしれない。

いずれにせよ、死は免れないだろう。

(こんなところで死にたくない！)

この後どうすればいいかを必死に考えながら走り続ける。

しかし、状況はアリアが答えを出すのを待ってはくれない。

すぐに周囲に変化が表れた。

走り続けていると、再び広い場所に出る。

最初の場所とは違うところのようで、今度は天井に穴が開いていない。

ビュン！

アリアが中央近くに来たときに、スライムもその場所に入ってきてアリアに触手を振るう。

「ちょ⁉」

音が聞こえたので、アリアは振り返ることもせずに横に飛び退く。

間一髪避けることはできた。

アリアがさっきまで走っていたところには縦に一直線の溝が穿たれていた。

スライムのほうを向き直ると、スライムは近づき続けている。

どうやら、触手が使えなかったのは通路が狭かったためらしい。

(ちょっと遠いな)

触手を避けるために大きく飛び退いたので、通路から離れてしまっていた。

細い通路内なら触手を使えないのであれば、早く通路に滑り込みたい。

アリアはスライムを睨みつけながら通路のほうに移動を始める。

ビュン！

「え⁉」

アリアが通路に近づこうとすると、スライムはそちらの方に触手を振るってくる。

それを避けるためには通路から遠ざかる方向に行くしか手はなかった。

どうやら逃してくれるつもりはないらしい。

思っていたより知恵の回る魔物みたいだ。

「追いかけっこは終わりってことね」

松明の心許ないあかりの下、アリアは覚悟を決めてスライムを正面に捉える。

そして、スライムの観察を始める。

（……やっぱり強い）

スライムから感じる魔力はレインには遠く及ばないが、グレイウルフなんかとは比べ物にならない。

アリアの敵う相手ではないように思える。

だが、こいつを倒すしかアリアに活路はない。

（唯一の救いは触手は一本ずつしか振るってこないことくらいか）

スライムの表面には数本の触手がウネウネと生えている。

だが、さっきから一本ずつしか振るってこない。

おそらく、それがこいつの限界なのだろう。

二本同時に触手を振るってきたら避けることもままならなかっただろう。

だが、一本なら全神経をその一本に注げば避け続けることは可能だ。

まあ、避け続けていても、近づかれて押し潰されればそこで終わりなのだが。

（弱点は多分、あの赤い球よね？）

アリアはスライムの触手を避けながら観察を続ける。

観察してみてわかったことはもう一つある。

スライムの粘液でできた体の中に、赤くて綺麗な宝石がある。

魔力もそこから感じられる。

おそらくそれがスライムの本体なのだろう。

（わかったところでどうすることもできないんだけど）
スライムには近づくことができない。
放出系の魔術が使えないアリアは遠距離攻撃の手段も持たない。
（でも、避け続ければ勝機は見つけられるはず。私には剣がある！）
そのときのアリアは油断していた。
いや、油断はしていなかったが、スライムに気を取られすぎていた。
全神経をスライムの触手に注ぐ必要があったので、これは必然だった。
「あ！」
穴に足を取られる。
スライムの触手が穿った穴だ。
（やばい）
体勢を崩した状態ではスライムの触手は避けられない。
スライムは狙い定めたように触手を振るってくる。
「くっ！」
アリアは剣を盾にしてスライムの触手を受けようとする。
盾を装備した左手には松明を持っていたからだ。
だが、これは大きな間違いだった。
キィン……。
「え？」

一瞬何が起きたかわからなかった。

それに気づいたのはきらきらと輝く切っ先が視界に入ったときだった。

剣は甲高い音を立ててあっけなく折れた。

「う、嘘……」

思い出した。

この剣は魔力を通しやすいようにそれほど頑丈にはできていない。

必ず、使ったらキーリに直してもらうように、剣をもらったときに言われていたのだった。

王都に来るまでに村で頼まれた魔物退治をし、今日もデイルとの戦闘でこの剣を使った。

その間、剣を修復していない。

「折れた剣じゃ——きゃあ！」

剣が折れたことにショックを受けている間も、スライムが待ってくれるわけではない。

アリアはスライムの触手の一撃をまともに受ける。

そして、アリアは下水道の壁に叩きつけられた。

「ゴホッ……ゴホッ……」

ちゃんと息ができない。

身体中が痛い。

霞《かす》む視界にゆっくりと近づいてくるスライムが見える。

スライムはもう触手を振るってくる気配はない。

アリアが大人しくなったので、あとは近づいて食べるのだろう。

（食べられたら、痛い……のかな。苦しい……のかな）

なんとかして逃げないといけないのに、体が思うように動いてくれない。

「死にたく……ないよ……」

剣はもうない。

松明もさっきスライムに振り払われたときに広間の端に飛ばされてしまった。

逃げるためにはあれを拾いにいく必要がある。

「……う……そ」

ちらりと松明の方を見ると、アリアは信じられないものを目撃した。

通路から、スライムがもう一匹入ってきたのだ。

迫りくる二匹のスライムに、アリアの中で何かが折れた。

「勝てるわけ……ないよ……」

頬に涙が伝う。

「誰か……助けてよ」

涙で何も見えない。

最後に思い出したのはレインの顔だった。

「助けて。助けてよ。レインー！」

――ドーーーーン！

直後、雷が落ちたような音が聞こえた。

あまりの大きな音に驚いて、涙が引っ込む。

外は雨が降っていなかったので、雷が落ちるはずがない。

それに、ここは地下だ。

雷の音が聞こえるはずはない。

「な、何が？」

「すまん。場所がわかりにくかったから遅くなった」

「!!」

とても聞き覚えのある声。

今一番聞きたかった声だ。

アリアは涙をぬぐう。

目をしっかり開けると、あたりの状況は一変していた。

天井には大穴が開き、そこから月明かりが射している。

そして、アリアとスライムの間に、人影がある。

レインだ。

レインが助けに来てくれた！

アリアは無意識のうちにレインに向かって飛びかかっていた。

「うわっと。ひどい怪我だな。ほんとにごめん。もう少し早く来られればよかったんだけど。『回復』」

レインはアリアを優しく抱きしめる。

そして、レインはアリアに『回復』の魔術をかけた。

その温かい魔力が、体だけでなく、心の傷まで癒してくれる。

そんな気がした。

ズズッ……。

「！　レイン！　後ろ！」

レインが来てくれたことで安心してスライムのことを完全に忘れていた。

二匹のスライムはレインに向かってその触手を振るう。

「ん？　あぁ」

だが、二本の触手はパシッと軽い音を立ててレインの手の中に納まる。

アリアが命からがら避けたあの触手も、レインにとっては取るに足らないもののようだ。

「ちょっと邪魔だな。『風刃』」

そして、レインが『風刃』の魔法を使うと、二匹のスライムは支えを失ったように崩れる。

二つの水たまりとなったスライムの中には、真っ二つになった赤い核が浮かんでいた。

◇◇◇

「……よかっ……た」

「うわ！　アリア？　って、気を失ってるだけか」

スライムを倒した直後、アリアは糸が切れた人形のように力を失った。

俺は慌てて抱きとめる。

よく観察してみると脈拍も普通だし、呼吸も落ち着いている。

どうやら、ただ意識を失っただけらしい。

「しっかし、間一髪だったな」

アリアが出発した後、しばらくして辺境伯の執事長と名乗る人がやってきた。

その人が、辺境伯の代理として、俺たちが王都に行く許可を出してくれた。

どうやら、ジーゲさんが手を回してくれたらしい。

その人曰《いわ》く、アリアの試合は大会二日目になるだろうということだったので、それに間に合うように急いで王都にやってきた。

まあ、馬車は辺境伯が出してくれたので、急いだと言って良いかは微妙だが。

なんとか試合前日の今日、閉門ギリギリに王都に入ったという状況だ。

「しかし、王都に入ったらいきなり救難信号が届くとは思わなかった」

俺はポケットに入った救難信号の受信機を取り出す。

その魔道具はアリアのネックレスに付いた宝石を掌大に大きくした見た目のものだった。

アリアに渡したネックレスと対になるものだ。

まあ、ネックレスの親機みたいなものだ。

これは対魔貴族に代々伝わっているもので、子供がある程度強くなれば、このネックレスを子供に持たせて一人で修行をさせる。

俺も、母さんにこのネックレスをもらってからは一人で修行をしていた。

まあ、多分、母さん自身の修行をするためだろうけど。

子供が修行するようなところでは自分の修行ができないからな。

このネックレスはかなり高性能なのだ。

所有者が危機に陥ったら対となる魔道具に信号を送るようになっているし、一撃だけ致命傷を防いでくれる。

信号は親機で受信ができて、ネックレスのある方角が親機を使って調べられる。

前世であった子供用の見守り携帯みたいだなと思ったのは秘密だ。

「本当にアリアにこれを持たせておいてよかった。そうじゃないと探すだけでも一苦労だったからな」

俺は王都に入ってすぐにアリアの居場所を探して、そしてこの上の広場まで来た。

ここで親機が真下を指した。

だから、地下にいることはわかったが、行き方がわからない。

迷ってるうちに、アリアが致命傷を受けたという信号が届いたので、地面をやむをえずぶち抜いて駆けつけた。

「……豪快に壊したけど、大丈夫かな？」

俺は大きく穴の開いた天井を眺めながら少しだけ不安になった。

＊＊＊

「おーい。ミーリアー」

「あ！　レイン。アリアは大丈夫でしたか？」

俺はアリアを背負って下水道を後にして、ミーリアとの待ち合わせの場所まで来ていた。

待ち合わせ場所は辺境伯のお屋敷の前だ。

王都ではここくらいしかわかる場所がなかった。

その場所にはすでにミーリアが待っていた。

ミーリアは俺が声をかけると、駆け寄ってくる。

そして、俺が背負っているのがアリアだと気づくと、心配そうにアリアの顔を覗き込んでくる。

「アリアは大丈夫そうですね」

「あぁ。気を失ってるだけみたいだ」

安らかな寝顔の彼女を見て、安心したようだ。

回復魔術もかけて、外傷は全部治してある。

なぜこの場所を知っているかは、執事長に王都に着いたらこの場所に行くように言われたからだ。

執事長はあくまで代理なので移動許可を出せるとはいえ、できるだけ早く辺境伯に会って正式に許可を得る必要があるらしい。

予定では辺境伯も今日王都に着いているそうだ。

出発前に今日この場所に来れば会えると言われていた。

だから、俺たちは王都に来て最初にこの場所に行くことにしていたのだ。

場所もちゃんと確認してあった。

実際にはアリアからの救難信号が届いたので、ちょっと寄り道することになってしまったが。

「レインが一緒なので、もう大丈夫ですね」

「過大評価されても困るんだけどな」

俺はまっすぐな瞳でそう言われてバツが悪くなって頬をかく。

俺にはできることしかしてやれない。

「しかし、ちょっと騒動に巻き込まれちゃったな」

「仕方ないですよ」

すぐに来るようにと言われていたのに、一悶着《ひともんちゃく》あったから遅くなってしまった。

何か言われるかもしれないな。

まあ、そうしなければアリアが死んでいたかもしれないし、後悔はしていない。

そういえば、下水道に大穴を開けてしまった。

あの下水道が古代魔術師文明時代のもので助かった。

とりあえず、魔術で直せる部分は直しておいたが、完全に直せたかはわからない。

上に何か載っていたかとかは確認せずに壊したし。

それに人気はなかったとはいえ、かなり大きな音を立ててしまった。

目撃者がいてもおかしくない。

……だ、大丈夫だよな？

「とりあえず、屋敷に入りましょう」

「そ、そうだな」

過ぎてしまったことは仕方ない。

俺はミーリアを追うように辺境伯の屋敷に向かう。

「お前たち何者だ？」

門の前まで来ると、門番の男性に不審者を見るような目で睨まれる。

さっき話をしていたときから睨み付けられていたので、こんな風に言われるのは予想の範囲内だ。

俺だって門番だったら屋敷の近くで騒いでるやつを注視する。

「私たち、辺境伯様の領民です。執事長に移動許可をもらったのですが、その際に王都に着いたら真っ先にここに来るようにと」

「ん？　そういえば、そんな話も聞いたな」

ミーリアの発言を聞いて門番さんの態度が軟化する。

どうやら、執事長はちゃんと根回ししておいてくれたらしい。

「紹介状はあるか？」

「こちらです」

ミーリアは懐から紹介状を取り出して渡す。

「うむ。少し待て」

門番は封印とサインを見て、それをミーリアに返す。

本物だと判断したようだ。

門番は俺たちを門の外に待たせたまま門の内側にある小屋に入っていった。

あの中に帳簿的なものがあるんだろう。

門番はすぐに俺たちの前に戻ってきた。

「うむ。確認した。二人のはずだが、どうして三人いるんだ？」

「彼女は武闘会に出るために王都に来ていたアリアです。事件に巻き込まれていたので、連れてきました。匿っていただけないでしょうか？」

「何？　その子がアリアなのか？　とりあえず中へ」

「？」

俺たちは門番に促されるまま門の中に入る。

どうも、門番の様子がおかしい。

アリアが大変な目にあっていることは誰も知らないはずなんだが。

門に入ってすぐにある小屋の前で門番は立ち止まる。

「彼女を捜していたんだ。いま、何人か屋敷のものが捜索に行っている」

「？　何かあったんですか？」

「明日が初戦の予定だったのに急遽《きゅうきょ》今日の第一試合になったので、誰かが何かをしたのは確かだろう。初戦はなんとか勝利したらしいが……。詳しくは辺境伯様に聞いてくれ」

「……そうですか」

門番の男性は言葉を濁す。

どうやら、この門番もアリアが大変な目にあっていることはおぼろげながら聞かされているらしい。

ミーリアは優しくアリアの頭を撫でる。

ミーリアもただならぬことが起こったことは察したようだ。

「まあ、ここに来ればとりあえずは安全だ。少しここで待っていてくれ」

「？　何かあるんですか？」

「使用人を呼んでくる。そんな薄汚れた姿のまま辺境伯様の前に出すわけにはいかないだろ？」

「「あ！」」

そういえば、旅をしてきたその足で屋敷に来てしまった。

すぐに来いと言われても、宿で身なりを整えてから来るのが常識だったか。

ミーリアも少し恥ずかしそうに顔を伏せる。

おそらく、アリアのことが心配でそのあたりがすっぽり抜け落ちていたのだろう。

王都について即行で俺が「アリアが危ない」と言って駆け出したから仕方ないか。

「まあ、そのあたりもこちらで何とかできると思うから、君たちは少しここで待っていてくれ。上のものに報告してくる」

門番は優しく微笑むと、屋敷へと向かっていった。

＊＊＊

「アリア様はこちらへ」

「失礼します」

門番が屋敷に走っていってしばらくすると、執事風の男性がやってきた。

どうやら、この屋敷を取りまとめている執事の中で一番偉い人らしい。

執事長とどことなく雰囲気が似ているので、もしかしたら血縁者かもしれない。

俺たちはその執事に屋敷の中に案内された。

俺たちが通されたところは客間で、アリアの部屋になる場所だった。

大きめのベッドが一つ置かれているほかには、机などの小さな家具があるだけの部屋だ。

おそらくアリアの意識がなかったから、とりあえずアリアを寝かせる部屋に案内してくれたんだろう。

俺はそのベッドにアリアを寝かせる。

「いい顔で眠ってるわね」

「そうだな」

ベッドに眠るアリアは安らかな寝顔をしている。

さっきまで死にそうだったとは思えない。

ほんとに間に合ってよかった。

「ではお二人はこちらへ。辺境伯様のところに案内する前に着替えをしていただきます」

「あ、はい」

俺とミーリアが寝ているアリアの様子を眺めていると、執事に声をかけられる。

もともとこの屋敷にいる辺境伯に会いに来たのだ。

だが、俺たちは旅衣装のまま来てしまったので、身繕いをする必要がある。

別室で衣装を整えさせてもらえるのだろう。

「あれ？」

俺がベッドから離れようとすると、服が引っ張られるような感覚がした。

振り返ってみると、アリアが俺の服をしっかりと摑《つか》んでいる。

全然気づかなかった。

でも、このままでは辺境伯に会いに行けない。

さすがにアリアを引きずっていくわけにはいかないだろう。

俺はゆっくりとその手を外そうとする。

「いや……」

服を引っ張るとアリアは不安そうな表情をする。

「……アリア」

さっき死にそうな目にあったのだ。

一人になるのを不安に思って当然か。

しかし、どうしたものか。

このままではアリアのそばから離れられない。

服だけうまく脱いで置いていくか？

「……レイン様はこちらでお待ちください」

俺が困っていると、執事さんが優しく声をかけてくれる。

執事さんもなんとなく何があったのか察しているのだろう。

もともと辺境伯がアリアを捜していてくれたみたいだし。

「いいんですか？」

「おそらく問題ないでしょう。レイン様については大体のことは当主様もご存じです。ミーリア様お一人での報告でも問題ないでしょう。アリア様の件に関してはアリア様が目覚めた後での報告となりますので。ミーリア様はそれでよろしいですか？」

ミーリアは俺たちのほうをチラリと見てうなずく。

たしかに、ミーリアと俺の二人で来たし、ここに来るまでにある程度ミーリアとは意見のすり合わせをしている。

王都に来るまでは特に大きな問題もなかったし、ミーリア一人の報告でも問題ないだろう。

「私は問題ありません」

「それでは行きましょう」

ミーリアは執事さんに続いて部屋を出ていこうとする。

出ていこうとするミーリアの後ろ姿を見て、一つ思い出したことがあった。

「あ、ちょっと待って、ミーリア」

「？　どうかしましたか？　レイン」

さっき作ったあれもミーリアに渡してしまおう。

俺はポケットから緑色の宝玉を出してミーリアに投げ渡す。

これがあればアリアの状況の説明もできるはずだから一石二鳥だろう。

「これ、辺境伯様に渡して」

「これはなんですか？」

俺が投げた緑色の宝玉をミーリアは受け取って、興味深げに観察する。

この宝玉はミーリアには初めて見せるから、何かわからなくても仕方ない。

「録画の魔道具。って言ってもわからないか。情景や音声を保存しておく魔道具だよ。ここ二、三日でアリアの心が大きく揺れ動いたときにアリアが見ていたことや聞いていたことが記録されてる」

「⁉」

「魔力を流せば再生されるようになってるから、その魔道具はそのまま持っていってくれ」

アリアに渡したネックレスには、所持者が危険に陥れば周りの状況を動画で撮影する機能がついていた。

対魔貴族時代は危険な状況に陥ったら、その状況を確認して次に同じ状況になったらどう動くべきか師匠である親に確認するために使われていたが、今回は事件の証拠として使えるだろう。

「いいんですか？　こんなすごい魔道具。辺境伯様に見せれば返ってこないかもしれませんよ？」

「予備がいくつかあるからそのまま辺境伯様に渡してしまって大丈夫だよ」

本当はネックレスのほうに動画は保存されているんだが、あの魔道具は貴重なものだ。

それに、俺が母さんからもらった数少ないものだから取り上げられると困る。

そう思って、動画を保存、再生するだけの機能がある魔道具に映像を移しておいたのだ。

再生するだけの魔道具はまだいくつかストックがあるしな。

俺が受け継いだ時点で半分くらいには三代前のご先祖様の自撮りが入っていた。

再生用も魔道具が足りなくなればそれを消せばいいだろ。

今回使ったのもその一つだし。

「……そうですか。ではいただいていきますね」

「任せちゃって悪いな」

「それくらい問題ありませんよ」

ミーリアは執事の男性に連れられて部屋から出ていく。

部屋の中は俺とアリアだけになった。

近くの椅子をベッドのそばに引き寄せて腰をかける。

「……頑張ったんだな」

俺がアリアの頭を優しく撫でると、アリアの寝顔が少しだけ安らかになった気がする。

俺は優しくアリアの頭を撫で続けた。

「アリアは本当によく頑張ったよ」

記録用の宝玉にコピーする前にネックレスに保存されていた映像をざっと確認した。

王都でアリアが目にした光景は結構きついものだった。

あんなことになると知っていれば俺はアリアを王都にやらなかっただろう。

(やっぱり貴族ってのはロクなもんじゃないな)

だが、アリアは頑張った。

ちゃんと逃げずにエントリーして、初戦に出場し、勝利を得た。

その後、罠《わな》にはめられたりはしたようだけど、貴族という権利を勝ち取ったのは間違いなくアリアの功績だ。

辺境伯と合流したことだし、次の試合で敗北ということにして貰《もら》えばいいだろう。

アリアを捜していたということは、辺境伯もそのつもりだと思う。

「お疲れ様」

俺はそんなふうに考えながらアリアの寝顔を眺め続けた。

＊＊＊

「辺境伯様。開拓村から来た者を連れてまいりました」

「二人ともかい？」

「いえ。レイン様はアリア様の看病に残られていらっしゃっておりません」

「……そうかい。まあいい。入りな」

ミーリアは、執事に連れられて辺境伯の部屋に通された。

中では辺境伯が執務机で書類を読みながら待っていた。

「よく来たね。あんたは確か、ミーリアだったね」

「はい」

ミーリアは少しだけ驚いた。

辺境伯が私の名前まで覚えてくれているとは。

やはり、レインのことをかなり重視しているんだろう。

今回の扱いといい、ジーゲさんのことといい、辺境伯の私たちに対する待遇は良すぎる。

何か理由があるはずだ。

一番に考えられるのがあの『土液』だ。

あれを見たときの辺境伯様の表情の変わりようはすごかった。

(よく考えてみると当然のことですよね)

『土液』は相当重要な物資のはずだ。

あれがあれば壊れた魔道具でも簡単に直すことができる。

レインやアリアたちはあまりその辺りのことに気づいていないようだが、『土液』により防具や武器をほぼ無尽蔵に供給できるようになるのだ。

無尽蔵は言い過ぎかもしれないが、歴史の長い辺境伯家の武器庫に眠っている、今は使用できない防具の量なども考えると、あながち間違いでもないと思う。

あれが大量にあれば戦争の勝敗だって変えられる。

『土液』を、ただの村娘だと思われているキーリが作っていると知れればどうなるか。

間違いなく今までのような平穏な生活は送れないだろう。

(このことは辺境伯様には絶対にバレないようにしないと)

そんなことを考えているうちに辺境伯は手元の書類を読み終えたらしい。

書類を置いてミーリアのほうを睨んでくる。

「私はあんたが武闘会の出場を止めてくれると思ったんだけどね」

「申し訳ありません。アリアが出場したいと言ったので。それにレインも問題ないと言っていました」

レインは負けることはないと言っていた。

ミーリアもそれに納得したから了承したのだ。

「……あの錬金術師の判断では仕方がないね。アリアの持っていた魔道具はそんなに強力なのかい？　なんでも、魔術を斬ったそうだけど」

「……その辺りは、私の口からは……」

「答えられないかい。いや、知らないのか。まあ、仕方ないかもね」

どうやら、アリアは試合で魔術を斬ったらしい。

アリアの異常な強さも魔道具のせいにされたようだ。

剣や盾で魔術は受けられないというのが常識だ。

だが、その常識は間違いだと今の私ならわかる。

魔術を剣や盾で受けられないのはそれが魔力を含んでいないからだ。

魔術は魔力の少ないものは通過してしまう。

もし、何にでも反応するのであれば雨の日や雪の日は魔術が使えなくなる。

だが、アリアはいつもの癖で剣に魔力を込めて斬ったのだろう。

だから、魔術は剣に当たった時点で消滅してしまった。

だが、どこまでがレインの魔術の秘伝なのかわからない以上、あまり教えるべきではないだろう。

　教えれば戦争が激化してしまうかもしれないし。

「それにしても困ったね。一度エントリーしてしまえば簡単には欠場できない」

「病気などになったとすることはできないのですか？　確か戦闘が嫌いな貴族の方はそれでこの武闘会を欠場されると聞いたことがありますが」

　武闘会は伝統で女性も必ずエントリーしないといけない。

　だが、どうしても戦闘に向かない貴族や病弱で荒事が全くできない貴族も存在する。

　そういった貴族のために事前に連絡しておくことで病欠扱いにできると聞いたことがある。

　その連絡をできるのが貴族だけなので、アリアはその手は使えなかった。

　だが、今は辺境伯がいるから大丈夫なはずだ。

「……それを私が報告するのは問題になるね」

「派閥違い、ですか」

　確かアリアのフレミア家と辺境伯のフローリア家は別派閥に所属していたはずだ。

　そんな辺境伯家の人間がなぜフレミア家に嫁いだのかわからないし、その娘であるアリアをなぜ辺境伯が保護しているのかもわからない。

　だが、別派閥の家のことに口を出すわけにはいかないのだろう。

「まあ、別派閥ってほどでもないんだけどね。フレミア家は中立だから。最近は第二王子派にかなり寄って来てるそうだけど」

「そうなんですか」

「あぁ。でも、たとえ同じ派閥でも別の家の人間を勝手に欠席にはできないよ。それにアリアの家はあの子の貴族籍を剝奪しようとしてるからね。それを阻止しようとなるとどんな対価を請求されるか」

「……それは、そうですね」

「こうやって家で匿ってるってのもかなり際どいからね。今はウチの領内で村長をしてもらっているから、そこまで踏み込んではこないだろうけど」

貴族はメンツを大事にする。

そのメンツが潰されたとなっては黙っていないだろう。

そのときは周りの貴族も庇《かば》ってはくれない。

非があるのは辺境伯のほうなのだから。

「それで、魔道具を使って、あの錬金術師に守らせれば、アリアは優勝できそうなのかい？」

「……不可能ではないと思いますが」

相手がグレイウルフレベルなのであれば、アリアが負けることはないだろう。

だが……。

「精神的にキツい、か」

貴族崩れへのあたりが強いのは知られている。

だが、相手も貴族だ。

可哀想だからといってそうそう簡単になんとかできるものでもない。

藪《やぶ》を突《つつ》いて蛇が出てくるかもしれないのだから。

アリアはそんな状況の中、これからも試合を続けていかなければならないのだ。

「……私は貴族崩れの試合を見たことないのだけど、そこまでキツイのかい？」

「申し訳ありません。私も参加しなかったので、詳しくは……」

そう考えるとアリアには本当に悪いことをした。

自分は逃げたところに放り込んでしまったのだ。

どんなことになっているかは想像もできない。

「あ。そういえば、レインからアリアがここ数日に見た情景を記録した魔道具を預かってきています」

「何？　それは本当かい？」

「はい。こちらになります」

ミーリアはレインから受け取った魔道具を取り出して辺境伯に渡す。

「これが、情景を記録する魔道具……」

辺境伯は魔道具をしげしげと観察する。

中身より魔道具のほうに興味がありそうだ。

「どうやって使うんだい？」

「レインからは魔力を流し込めば記録されている情景が見られるとしか」

「なるほどね」

辺境伯は躊躇《ちゅうちょ》なく魔道具に魔力を注ぐ。

信頼されているのか、それとも魔道具への興味が警戒心を上回ったのか。

どちらかはわからないが、辺境伯が魔力を注いだことによって宝玉が記録されていた情景を映し出し始めた。

＊＊＊

「これはひどいね」

「私もここまでとは思っていませんでした」

記録を一通り確認して、辺境伯が宝玉を執務机の上に置く。

再生された映像はそれはひどいものだった。

無礼な受付。

ブーイングを飛ばす観衆。

不正を働く審判に対戦相手。

石舞台の周りを囲っていた騎士もおそらくグルだろう。

その上、詳しく聞いていなかったが、どうやら、アリアは異母兄に下水道に落とされたらしい。

そこであの強力なスライムに追いかけられたようだ。

下水道には近づいてはいけないことは子供でも知っている。

だが、アリアは知らなかったらしい。

家の外を出歩き始める十歳ごろから虐げられていたようだし、仕方のない部分もあるか。

「ふむ」

辺境伯は机の上に置いた魔道具をもう一度起動させる。

すると、またあの情景が再生されはじめる。

「この宝玉は預かってもいいかい？」

「え？　はい。レインは返って来なくても仕方ないと言っていましたので、問題ないかと」

「そうかい」

辺境伯は顎に手を当てて少しだけ考えを巡らせる。

「これがあればなんとかなるかもしれないね」

「なんとか、ですか？」

ミーリアが聞き返すと、辺境伯は説明をしてくれる。

「こいつは伯爵家の子供だ」

そう言って辺境伯は映像の中の男を指差す。

まあ、映像の中で名乗っていたのだし、間違いないだろう。

「たしかに闇討ちは禁止ですが、貴族の子が貴族崩れを襲った程度では問題にはならないのではないですか？」

「そうだね。証拠がなければね」

「あ！」

貴族崩れが貴族に襲われたと言っても、誰も取り合ってはくれない。

だが、確たる証拠があれば取り合ってくれるのではないだろうか。

「これを大会側に提出して、この怪我を理由に不参加を認めてもらうのですか？」

「いや、これ全部を公開することはできない。関わってる人間が多すぎる。下水道のことだけでは不参加は認められないだろうしね」

辺境伯は首を振る。

どうやら、ミーリアの予想は外れていたらしい。

たしかに、受付嬢も背後には貴族がいるだろうし、審判も騎士も一緒だ。

これを公開すればその全てが辺境伯の敵になる。

そんなことは貴族としてできないだろう。

「？　じゃあ、どうするんですか？」

「これと引き換えにアリアをうちの養子に貰うのさ」

辺境伯の突拍子もない発言にミーリアは目を大きく見開く。

「……そんなことできるんですか？」

「おそらく乗ってくるだろう」

辺境伯は宝玉を転がしながら言う。

「でもどうしてですか？　アリアが襲われたことは問題にならないんですよね？」

「少しはわかっていそうだけど、あんたもまだまだだね」

「？」

辺境伯はミーリアのほうを見ていたずらが成功した子供のように笑う。

「貴族崩れが襲撃されたことは意味を持たなくても、貴族が参加者を襲撃したことは意味を持つのさ。この世界には他人の足を引っ張りたがるやつはたくさんいるからね」

「……なるほど」

貴族崩れが襲撃されたとしても動く者はいない。

だが、貴族の子供が武闘会の規約を守らずに襲撃をしたというのは、その貴族に敵対する貴族としては攻撃をする絶好のネタになる。

下手をすれば子供だけではなく親にまで影響が行きかねない。

その証拠となるものはなんとしてももみ消したいはず。

もし、辺境伯が公表しなくても、辺境伯がフレミア家と敵対する貴族に持ち込めば、その家が公表するだろう。

公表がフレミア家に恨みがある家の行動であれば、とばっちりを喰《く》らった貴族の大半の恨みは弱り目のフレミア家のほうに向くだろう。

弱みを見せたほうが悪い。

貴族社会とはそういうところだ。

「この宝玉を引き渡す代わりに、アリアを私の養子にする。そうすればアリアに関する決定を私がしても問題なくなるだろ？」

「なるほど」

（それに、アリアをうちの養子にすれば、中立派のフレミア家が第三王子派に近づいたという印象も持たせられるしね）

「え？」

「いや、なんでもない」

最後に辺境伯が何か言っていたが、聞き取ることができなかった。

辺境伯は話を切り上げるように立ち上がったので、これ以上聞くことはできないようだ。

「この宝玉はもらっていくよ。そのかわり、アリアのことは私に任せてくれていい」

「……よろしくお願いします」

話はそこで終わりらしく、辺境伯は慌ただしく準備を始める。

おそらく、この宝玉を使って、これからフレミア家との交渉に向かうのだろう。

アリアの二回戦は明後日だし、今から動かないといけないのかもしれない。

いや、フレミア家はまだ状況をつかめていないから、先手を打ちたいのかも。

どちらにせよ、辺境伯に任せておけば大丈夫だろう。

(私では何もすることができないし)

今、ミーリアにできることは傷ついているアリアの心のケアくらいだろう。

ミーリアは深く一度頭を下げて辺境伯の執務室を後にした。

◇◇◇

「……」

「アリシア様、お心を落ち着けてください」

「わかってるよ」

アリシアはミーリアと別れた後、執事長と共にフレミア家に向かっていた。

アリアの見た光景はかなり悲惨なものだった。

十五歳の成人したばかりの者にあんな辛い思いをさせているとは思っていなかった。

武闘会は古くから続く我が国の伝統行事だ。

武でのし上がってきた我が国にとって、武闘会というのは他国に向けた宣伝のようなもの。

その程度の認識だった。

だが、その裏であんなに残酷な行為が行われていたとは。

貴族崩れが無理して参加して死亡する例があるのは知っていた。

貴族という権益を維持するために、落伍者《らくごしゃ》を弾く仕組みは必要だ。

ある程度は仕方ない。

だが、本当に貴族の資格を持っていないのはあの試合を観戦していた貴族たちではないのか？

「なんとか、できないかね」

「……アリシア様、無理はなさらないように」

「……わかってるよ」

残酷なことを楽しむ貴族には大きな後ろ盾がある。

排除しようとすれば必ず強い抵抗にあう。

それはあの武闘会も一緒だ。

それに抗うだけの力をアリシアはまだ持っていない。

もし力を手に入れようとすれば、おそらくフローリア辺境伯家はたちどころに潰されることだろう。

いつかは無理をしてでもああいった貴族を排除する必要があるかもしれないが、今はその時ではない。

「力がないことを歯痒《はがゆ》く思うのは久しぶりだよ」

「……私も同じ気持ちです」

今アリシアにできることは目の前のアリアを救うことだけだ。

アリシアたちは口惜しい思いを感じながらフレミア家へと向かった。

◇◇◇

「リグル様。お目覚めください」

「ん？」

リグルは低い男の声を聞いて目を覚ます。

目を開けると、フレミア家の執事長の顔が目の前にあった。

いつも通り厳しい顔だ。

この執事長はいつもリグルに厳しく当たる。

リグルが当主になったら絶対に首にしてやろうと考えていた。

だが、まだ当主になっていない今は下手に出ておいたほうがいい。

リグルは不満をぐっと飲み込み、ベッドから上体を起こす。

「こんな時間になんだ？」

今は何時だろうか。

あの異母妹を処分した後、家に帰った。

その後、ルコを抱いてから湯あみをして眠りについた。

それからしばらく経っているはずだから、今は深夜くらいだろうか？

明日はリグルが武闘会に出場する日だというのに、こんな夜更けになんの用だ？

「御当主様がお呼びです。すぐに準備をしてください」

「お父様が？」

リグルは首を捻る。

父親に呼ばれるようなことは何もしていない。

まさか、今から明日の武闘会の激励をしてくれるわけではあるまい。

「わかった。着替えをするからルコを呼んでくれ」

「……彼女はおりません。別のメイドを連れてきておりますので、その者にお手伝いをさせます」

「？　そうか。わかった」

……ルコが……いない？

少し気になるが、今は父親に呼ばれているところだ。

そんなことに気を取られている場合ではないだろう。

リグルはメイドに手伝われて着替えを行った。

＊＊＊

「お父様、リグルがまいりました」

「……入れ」

執事長に案内されてリグルは父親の執務室の前まで来た。

リグルが声をかけると、父親の言葉が返ってくる。

「失礼します」

リグルは執事長が開けた扉を通る。

執務机にはいつものように難しい顔をした父親が座っていた。

父親は何かの宝石のようなものを手で弄んでいる。

いつ来てもこの場所は緊張する。

「……なぜ呼ばれたかわかるか？」

「いえ」

「そうか」

父親はリグルを睨みつける。

「お前は、今日、アリアに会ったらしいな」

「あぁ。あの出来損ないでしたら、ちゃんと処分しておきました」

ダン！

父親が机を叩く。

「お前はなんてばかなことをしたんだ！」

「ひぃ！」

リグルは思わず一歩後ずさる。

「お前のせいで私は恥をかいたのだぞ！」

「ど、どういうことでしょう？」

「……これを見ろ」

父親はそう言って手元にあった魔道具を起動する。

魔道具は武闘会の情景を映し出す。

「こ、これは」

「これにはアリアの見た情景が保存されているそうだ。当然お前の愚行もな」

「なぁ⁉」

そんな魔道具をあんな出来損ないが持っていたのか？

「で、出鱈目《でたらめ》です。そんな魔道具あるわけない。そ、そうだ。ルコが、ルコが俺の身の潔白を証明してくれます！」

リグルがそう言うと、父親の目が細められる。

「あの売女《ばいた》なら先ほど処分した」

「な⁉」

「当然であろう？　メイド風情が私の娘の名を騙ったのだ」

リグルの膝が笑い出す。

まさかそんなことになるなんて。

だが、貴族の名を騙ったルコと違い、リグルは大きな失態を犯したわけではない。

リグルはまだ大丈夫なはずだと信じ、父親に向かって声を上げる。

「で、でも、貴族崩れをいたぶった程度、なんの問題があるのですか？　貴族崩れの言葉など誰も信じませんよ」

父親は首を左右に振る。

まるで、物わかりの悪い使用人に呆《あき》れているように。

「これを持ち込んできたのはフローリア辺境伯様だ」

「辺……境伯様」

「そうだ。アリアは放逐された後、妻の実家であるフローリア家が引き取った。我が家とつながりを作る足がかりにとでも考えていたんだろう。申し出を断るのも角が立つので、平民として扱うことを条件に引き渡した」

父親が苦虫を噛み潰したような顔になる。

「今考えると失敗だった。ウチとしてはただの厄介払いのつもりだった。だが、今回勝手に武闘会に出場したことを謝りにきたのだ」

アリアが今どこで何をしているかなど知らなかった。

まさか辺境伯なんて後ろ盾があったとは。

「監督不行届きのお詫《わ》びにフローリア家で養女として引き取ると提案された。断るつもりだったが、こんなものを見せられれば受けるしかあるまい。平民として育てるのは口約束で、今回は向こうはちゃんとした証拠を持ってきたのだからな。全くしてやられたよ」

父親は苦々しい顔で魔道具をコツンと小突く。

宝玉はちょうどリグルがアリアを見下ろしている情景を映していた。

丁寧にあのときのセリフまで宝玉の中から聞こえてくる。

「べ、別に貴族崩れを襲ったくらいで――」

「相手が誰だったかなど関係ない。我が家の者が、規則を破り、同じ出場者を陥れた。貴族にとってはそれだけで大きな失態だ」

「そんな……」

リグルはガックリと膝をつく。

「お前には失望した。地下の牢屋《ろうや》で一生を過ごせ」

「な！」

「外には出さん。アリアのように面倒ごとを持ってこられては困るからな。連れていけ」

「お待ちください。お父様！　お父様――！」

リグルは部屋に入ってきた騎士に引きずられ、屋敷の地下にある牢屋に入れられた。

◇◇◇

「さて、どうしたものか」

フレミア伯爵は執務室の椅子に深く腰掛ける。

そして、魔道具を見つめる。

アリアの試合を今日の一番最初に持ってこさせたのはフレミア伯爵だ。

時間が経つにつれて社交のために王都に来る貴族が増えていく。

だから、フレミア家の恥部は他の貴族の目のつかないうちに処分したかった。

そして、アリアがデイル＝ロールに勝利したと聞いたときは耳を疑った。

そして、試合内容を聞いてさらに驚くことになる。

デイル＝ロールの魔術をアリアが斬ったというではないか。

アリアは魔術が使えなかったはずだ。

相当高位の魔道具を使ったに違いない。

そこで思い出したのがアリアが赴任したという開拓村だ。

辺境伯が魔の森の近くに新しく作った村だという話を最近耳にした。

近年、戦争で男手がとられており、新しく開拓村が作られたのは久しぶりだったので覚えている。

そうなれば、答えは簡単だ。

おそらく、アリアは新しい遺跡を見つけたのだろう。

今回使った魔道具もそこで手に入れたものに違いない。

「おそらくこの魔道具も遺跡で出たものだろうな」

フレミア伯爵は辺境伯から渡された情景を記録する魔道具を見る。

このような魔道具があるとは聞いたことがない。

であれば、有用な魔道具がまだ眠っているかもしれない。

となると、辺境伯が彼女を養子にしたいと言ったのもその関係か。

アリアが遺跡の場所を辺境伯に知らせていないのか。

入り方に秘密があるのか。

初めに入った者しか入れない遺跡もかつてはあったと聞く。

「なんにしろ、少し動く必要があるな」

フレミア家は魔術を得意とする武門の家だ。

戦争はあったほうがいい。

そう思って第二王子派に近づいていたが、今回アリアを第三王子派の筆頭であるフローリア辺境伯家に養子に出したことで今まで通りにはいかなくなった。

第二王子派には距離を置かれるはずだ。

スパイの疑いをもたれることだって考えられる。

「何か手土産が必要かもしれないな」

新しい遺跡は手土産として有効だろう。

アリアとは今回の件で関わりにくくなった。

だが、あちらはフレミア家が関わった件は全てリグルが動いたものだと思っているだろう。

フレミア伯爵がやったことはあちらにはまだ伝わっていないはず。

やりようはあるはずだ。

フレミア伯爵は今日手に入れた魔道具を手で転がしながら今後のことに考えを巡らせた。

◇◇◇

「おはようございます」

「あ、ミーリア、おはよう」

俺は結局アリアのベッドのそばで椅子に座ったまま寝た。

アリアが服を離してくれないので、着替えられてもいない。

旅装束だから、いい加減着替えたいんだが。

「アリアはまだ目覚めませんか？」

「まあ、いろいろと大変だったみたいだからな」

アリアは昨日下水道で気を失ってからまだ目覚めていない。

ネックレスに記録されていた映像を見た感じ、一昨日に王都に来てからかなり大変だったようだし、仕方ないか。

「そういえば、ミーリアはもう着替え終わってるんだな。まだ朝早いだろ」

ミーリアは着るのが大変そうなドレスを着用し、うっすらと化粧もしているように見える。

村や旅の途中では動きやすい服装だったので、こういう格好を見るのは新鮮だ。

村ならもう活動を始めている時間ではあるが、まだ朝早いのに、何かあるんだろうか？

「辺境伯様は昨日から動いていたようなので、おそらく、今日には何かしらの反応があると思います。昨日はいろいろあったので旅装束のままお会いしましたが、今日は時間に余裕もあるので、ちゃんとした格好でお会いしようと思っています」

「そうなのか」

昨日、ミーリアが辺境伯と話をした後、この部屋にやってきた。

そこで、どういう話をしたのか少しだけ聞かせてもらった。

ミーリアが言うには、辺境伯がフレミア家と交渉して、アリアは辺境伯の養女になるらしい。

どうやら、俺が渡した魔道具は役に立ったようだ。

ミーリアの話だと成功する可能性は高いそうだ。

しかし、昨夜のうちから動いていたとは。

その情報をまだ朝早い今の段階で手に入れているミーリアもなかなかだ。

俺には真似できない。

「やっぱり貴族社会は俺の肌には合わんな」

「ふふ。レインは結構ズボラですもんね」

「……そこまでではない、と思う」

たしかに朝起きるのは遅いし、寝癖も直すのが面倒でそのままにすることもある。

だが、ズボラというほどではないんじゃないかと思う。

多分。

俺がいろいろと考えていると、ミーリアが生温い目でこちらを見ている。

ダメだ。

反論しても勝てる気がしない。

「……うっ」

俺たちが話をしていると、アリアが寝ているベッドから呻《うめ》き声が聞こえてくる。

どうやらアリアが目を覚ましたらしい。

ミーリアはベッドに駆け寄ってアリアの顔を覗き込む。

「アリア？　大丈夫？」

「すまん、アリア。うるさかったか？」

「ミーリア？　レイン？？　どうしてここに？？」

どうやら、まだ意識がはっきりしていないらしい。

目を覚ましたアリアは焦点の定まらない目で辺りを見回す。

そこが見知らぬ場所であることに気づき、頭に手をやる。

「たしか私、王都で武闘会に参加して、ルコっていうメイドに騙《だま》されて、下水道で……スライムは⁉」

アリアはガバリと上体を起こす。

そのまま辺りをキョロキョロと見渡す。

俺の服をギュッと握っていることから、警戒しているのだろう。

ミーリアは子供をあやすようにアリアを抱きしめる。

「安心してください。アリア。スライムはレインが倒しましたから」

「あ。そうだった」

やっと気を失う直前のことを思い出したのか、アリアは力が抜けたように体をミーリアに預ける。

ミーリアはアリアの背中を優しく摩《さす》った。

「まだ疲れが抜けきってないようですし、横になっていたほうがいいですよ」

「……そうする」

ミーリアはアリアをベッドに横たえる。

ミーリアが優しく布団をかけると、アリアはウトウトしだした。

やはりまだ眠いようだ。

——コンコン

そのとき、入り口がノックされる音が聞こえてくる。

アリアはベッドから跳ね起きて俺の後ろに隠れる。

「だ、だれ？」

アリアの声は震えていた。

異常な反応に俺もミーリアも驚きに目を見開く。

声だけじゃなく、さっきから俺の服を掴んでいたアリアの手は、ブルブルと音が聞こえてきそうなくらい震えている。

俺がその手をギュッと握ると、少しだけ震えが収まる。

「少し外で話してきますね」

「頼む」

アリアの尋常ではない様子を見て、ミーリアは今は人と会わせるべきではないと思ったようだ。

扉の外に出ていく。

ミーリアが出ていくと、少しずつアリアの震えは収まってくる。

「大丈夫か？」

「ごめんなさい」

アリアが弱々しく話す。

「別に気にすることないさ」

「ちょっと、……怖くて」

「……そうか」

ここまでのことを考えれば、無理もないのかもしれない。

ここ数日、ずっと他人の悪意に晒《さら》され続けたのだ。

命の危機だってあった。

他人が怖くなるのもあり得るだろう。

「辺境伯様が呼んでいるそうですが、アリアは大丈夫そうですか？　ダメそうなら私一人でお話ししてきますが」

「だ、大丈夫、行くわ」

部屋に戻ってきたミーリアの言葉に、アリアは立ち上がろうとする。

「あれ？」

「おっと」

しかし、ベッドから出ようとすると、その体はふらりとよろめく。

「はぁ。はぁ。ごめんなさい。すぐに準備するから」

荒い息を吐きながら、なんとか立ち上がろうとはするが、体に力が入っていないようだ。

顔も赤く、額には汗が浮かんでいる。

この症状は聞いたことがある。

古代魔術師文明時代の知識じゃなくて、前世の知識だ。

心に傷を負った人がこういう状態になることがあるらしい。

どちらにしろ、この状況のアリアを辺境伯の前に連れて行くのは無理だろう。

ベッドから出ようとしただけでこれなのだ。

部屋から出ようとすれば卒倒してしまいそうだ。

俺は震えるアリアを優しく抱きしめた。

「……ちょっと無理そうだな」

「そ、そんなこと……」

俺がミーリアに一人で行ってくれるように頼もうとすると、アリアが抵抗する。

だが、その動きにもいつものような力がない。

アリア自身も行くのは難しいと思っているんだと思う。

「今無理しても意味ないよ。今はミーリアに任せよう」

俺は諭すように言う。

ミーリアに迷惑をかけたくないというのも行きたい理由に入っているんだろう。

本来は辺境伯と会っていろいろと話をするのはアリアの役目だ。

目覚めた以上、自分がやるべきだというアリアの気持ちはわからなくはない。

だけど、今の状況で無理に行けば余計にミーリアに迷惑をかける。

おそらく、ちゃんと返答できないアリアのフォローをするのはミーリアの役目になる。

数秒、俺と見つめあった後、アリアは弱々しくミーリアを見上げる。

「大丈夫です。任せてください」

ミーリアはアリアに優しく微笑みかける。

「ちょっと辺境伯様と話をしてくるだけですから」

ミーリアはなんでもないことのようにそう言う。

目上の人と会うのが楽なはずはない。

多分、アリアが気にしないようにそう言ったのだろう。

「……ごめんなさい」

アリアは悔しそうに謝る。

今にも泣き出しそうなアリアにミーリアは近づく。

俺が身を引くと、ミーリアは優しく一度アリアを抱きしめた。

「いいんですよ。これまで頑張ったんですから、少し休んでください」

「……」

ミーリアはアリアをベッドに寝かしつける。

アリアはいろいろと言いたそうに俺とミーリアを交互に見る。

「ミーリアの言うとおりだよ。今は頑張るべきときじゃない。俺もミーリアも近くにいるんだからな」

俺は横になったアリアの頭を優しく撫でる。

多分、いろいろあって不安だというのもあるのだろう。

王都に来て否定され続けたみたいだしな。

何かしたがっているのもそのせいか。

だけど、今は体を休めて体力を回復するべきときだ。

体調が万全になれば心のほうも少しは回復するだろう。

「とりあえず、今は寝るといいよ。まだ疲れが取れてないだろ？」

「……わかった」

アリアはそう言って瞳を閉じる。

しばらくすると、アリアは再び寝息を立て始める。

体は休息を求めていたんだろう。

もしかしたら、一昨日は寝ていなかったのかもしれない。

「じゃあ、レイン、少し行ってきますね。アリアの様子も報告してくるので、おそらくすぐに戻ってこられると思います」

「おう。行ってらっしゃい」

アリアが眠ったのを確認して、ミーリアは部屋を出ていく。

ミーリアが部屋から出ていくと、部屋の中に静寂が戻ってくる。

アリアはさっきから俺の服をずっと握ったままだ。

おかげで俺は身動きが取れない。

そうでなくてもこの状況の彼女を置いていくわけにはいかないだろうけど。

「ごめん、なさい」

アリアは寝言で謝罪を続けている。

撫でるのをやめたらうなされ出したようだ。

精神的につらいときは人肌のぬくもりがあると落ち着くと聞く。

俺は再びアリアの頭を優しく撫で始めた。

「アリアは本当によくやったよ」

しばらくするとアリアは安らかに寝息を立て出した。

もしかして、ずっと撫で続けなきゃいけないのか？

俺の腕が疲れる前にミーリアが帰ってきて代わってくれると嬉《うれ》しいな。

「……しかし、心の病か」

俺はアリアの顔をのぞき込む。

今は安らかに寝息を立てているが、さっきは顔が真っ青だった。

誰が見ても調子が悪いと気づくだろう。

「魔術では何ともできないんだよな」

心をなんとかする便利な魔術はないのだ。

あるのかもしれないが、俺は使うことができない。

この世界で医学書のような専門書は見たことがない。

もしかしたら、古代魔術師文明時代の後期に図書狩りのようなことがあって無くなってしまったのかもしれないな。

残っている古代魔術師文明時代の本は魔術や魔道具関係のものばかりだ。

心の問題はアリア自身になんとかしてもらうしかない。

俺は自分の力不足を悔しく思いながらもアリアの頭を撫で続けた。

◇◇◇

「そうかい。アリアがそんな風になっちまうとはね」

「申し訳ございません」

ミーリアは辺境伯の前で深々と頭を下げる。

アリアの現状を話すと、辺境伯は苦虫を噛み潰したような顔をした。

辺境伯は昨晩のうちにある程度の根回しは済ませたらしい。

今朝にはアリアを養女にする手続きが終わっていた。

「じゃあ、大会の次戦に出ることもパーティに出ることも難しそうだね」

「今の状況のままでは難しいかと」

おそらく、辺境伯はこのままアリアに大会で快進撃を続けてほしかったのだろう。

せっかく王都に貴族が集まっているのだ。お披露目パーティもするつもりだったのかもしれない。

だが、今のアリアの状況を見ると、どちらも難しいだろう。

執事が部屋を訪ねてきただけで立てなくなったのだ。

「……錬金術師から借りた武器があればいいところまでいけるかと思ったんだけど、無理なら仕方ないね」

「申し訳ありません」

ミーリアは頭を下げる。

「……気にすることないよ。出なくてよかったかもしれないしね」

「そう、かもしれませんね」

どこの国でも強さというのは貴族で一番重要視される要素だ。

武闘会で優勝した次男がパッとしない長男を押し除《の》けて家督を継ぐというのはよく聞く話だ。

辺境伯はアリアが魔術を使えないと思っているが、実際はこの国のだれも敵わないくらいに強くなっている。

それを知っていれば養女にするとは言わなかったかもしれない。

つまり、村でのことを隠す重要性が増したということだ。

「……とりあえず、大会の二回戦は私の名前で不参加の連絡をしておくよ。パーティはまだ準備もしていないから、アリアには村に帰って静養するように伝えておいてくれるかい？　フレミア家のこともあるし、今日は無理だろうけど、明日には帰ったほうがいいだろう」

「承知しました」

アリアがあの状況なので、早く村に帰ったほうがいいだろう。

理由はそれだけではないが。

「……あの。辺境伯様。一つお願いがあるのですが」

「？　何だい？」

「今後も、私が村外との窓口になりたいのですが、よろしいでしょうか？」

「あんたが？」

辺境伯はミーリアの頭の天辺からつま先までをじっと観察する。

「それはまたどうしてだい？」

「アリアは今あの状況です。今後どの程度回復するかは未知数。であれば、代理人を立てて対応するのが良いかと」

「……」

辺境伯が目を細める。

辺境伯の眼光がミーリアを貫いているような気分だ。

(これが辺境伯としてずっとやってきた人)

今まで、かなりこちらに気を使ってくれていたのだと今にして気づいた。

「……裏はないみたいだね」

「はい」

どうやら、辺境伯に認めていただけたらしい。

ミーリアは背中に冷や汗が流れるのを感じる。

だが、まだ緊張を解くことはできない。

「まあ、いいだろう。あんたの要望を認めるよ。後で執事に必要な書類を持っていかせよう」

「ありがとうございます」

ミーリアは最後に深々と頭を下げて辺境伯の執務室を後にした。

◇◇◇

「じゃあ、もう帰っていいんだな?」

「はい。辺境伯様の許可はいただきました。ただ、準備などがいるので、出発は明日にしていただきたいです」

「わかったよ。アリアもそれでいいか?」

俺がアリアのほうを見ると、アリアは俯《うつむ》いている。

「……ごめんなさい」

アリアは絞り出すようにそう言う。

「こんなはずじゃなかったのに。うまくやれると思ってた。強くなったから。武闘会でもちゃんと活躍して。みんなの役に立てると」

ポタリポタリと涙が落ちる。

ミーリアはアリアをギュッと抱きしめる。

「アリアは役に立ってますよ」

「そんなことない。レインにもミーリアにも迷惑かけてばっかりで」

「今回だって、スイやリノのために武闘会に参加したんですよね？」

「違うの。違ったの」

アリアは駄々っ子のように首を振る。

「私もそのつもりだった。リノとスイのためって。口ではそう言ってた。でも、実際に王都に来て、戦ってみて、気づいたの。私は認めてほしかっただけだった。父様に。貴族に。私を見下してた人たちに」

「……アリア」

「だから、観客の反応でショックを受けたの。だから父様が呼んでるって聞いて飛びついちゃったの。私、自分のことしか考えてなかった。それで、レインやミーリアに迷惑かけて、辺境伯様にまで。私。私……。ごめんなさい！」

アリアは自分を責めるように嗚咽《おえつ》を漏らす。

俺はアリアの頭を優しく撫でる。

「みんなそんなものだよ。俺だってそうだ」

「……レインも？」

「あぁ。みんなに魔術を教えてるのだって、アリアにかっこいいって思ってもらいたい。スイに尊敬されたい。リノに慕われたい。そんな思いがいっぱいあるよ。俺ってかっこつけなんだよ」

アリアは顔を上げて俺のほうを見る。

その目は驚きで見開かれていた。

まあ、こんな話をするのは初めてだしな。

「でもさ。みんなに安全に生きてほしいっていうのも嘘じゃない。あんな場所でも危険を感じないくらい強くなってほしい。それだって嘘じゃない。アリアだってそうだろう？」

「……」

「たしかに、自分のためっていう部分もあったのかもしれない。けど、村のみんなのためっていうのも嘘じゃない。そうだろ？　それとも、俺や村のみんななんてどうでもいいと思ってるのか？」

「そんなこと！　レインも村のみんなもほんとに大切よ！」

俺の問いにアリアは強い口調で答える。

俺はその様子が嬉しくって思わず頬が緩む。

アリアに大切と言われて嬉しかった。

結局、俺もアリアと同じように誰かに認められたかったのだろう。

「私はアリアが私たちのために頑張ってくれて嬉しかったです。アリアに貴族を見返したいっていう思いがあったとしてもそれは変わりません」

ミーリアはアリアを強く抱きしめる。

「ミーリア……」

「アリア。頑張ってくれてありがとう」

しばらくの間、アリアはミーリアの腕の中で泣き続けていた。

＊＊＊

「誰か来たみたいだな」

俺たちがしばらく話し合っていると、扉をノックする音が聞こえた。

アリアはノックを聞いて体を強張らせる。

どうやら、まだダメみたいだな。

俺が立ち上がり、扉のところに向かう。

「あ、私が――」

「いいよ。ミーリアはその格好じゃ出られないだろ」

ミーリアのドレスはアリアの涙でドロドロだった。

その格好で誰かと会うわけにはいかないだろう。

あのドレスって結構高そうなのに、大丈夫かな？

「あ！　ごめん、ミーリア」

アリアはミーリアの服を汚していたことに、今気づいたらしい。

急いでミーリアから離れようとする。

だが、ミーリアはアリアを逃すまいとギュッと抱きしめる力を強くした。

「いいんですよ。そんなこと気にしないで。申し訳ありませんが、レインにお願いしてもいいですか？　多分執事の方が資料を持ってきてくださったのだと思います」

「資料？　まあいいや。もらってくるよ」

何の資料だろう？

とりあえず、受け取ればいいか。

俺は、部屋の外に出る。

部屋の外には俺たちをこの部屋に案内してくれた執事が立っている。

「すみません。ミーリアは少し服を汚してしまって」

「（朝からお盛んなことだ）……そうですか」

執事は一瞬表情を歪める。

すぐに元に戻ったので、気のせいかもしれない。

「こちらが資料になります」

「ありがとうございます」

執事は手に持っていた書類を俺に渡してくる。

結構な量の紙の束だ。

中を見ていいものかわからなかったので、俺はそのまま受け取る。

「何かあればお呼びください。こちらの部屋の近くは客間で人がいませんので、ご存分にご利用ください」

「わざわざご配慮ありがとうございます」

執事は一礼してから下がっていく。

多分、アリアのことがあるからこの辺りの部屋を空けてくれたのだろう。

辺境伯には頭が上がらないな。

俺はそんなことを思いながら部屋に戻る。

「なんか、かなりの量の資料をもらったけど、これ何？」

俺が部屋に戻ってミーリアに資料を渡すと、ミーリアはパラパラとその中身を確認する。

なんか、字ばっかりで読みにくそうな資料だ。

「村の資料です。アリアが辺境伯様の養女になったので、外との関わりが増えるかと思い、用意してもらったんです」

「えぇ？」

アリアは目を見開く。

驚きのあまり涙も止まってしまったようだ。

そういえば、アリアが養女になるとかいう話をしていたときは本人は寝ていたっけ？

俺は昨日ミーリアから聞いたけど、いきなり聞かされたらそれは驚くか。

「そういうことになったらしい」

「え？　待って？　そういうことってどういうこと？」

アリアは答えを求めてミーリアと俺を交互に見る。

説明を求められても俺もよくは知らないのだ。

「アリアは今は疲れていると思うので、詳しいことは村に帰ってから話します。この先の武闘会は不参加としていただいたので、今は疲れをとって、王都から出発しましょう」

「え？　もう？」

俺も驚いた。

そんなに早く王都を出る必要があるのか？

「ええ。フレミア家とのいざこざもあったので、出来るだけ早く王都を出たほうがいいかと」

すっかり忘れていたが、アリアの生家といざこざもあったんだった。

悪いのは向こうだが、こっちがまったく悪くないからといって、逆恨みされないとは限らない。

それを回避するためにも、早く王都を出たほうがいいのだろう。

「私は市場で旅に必要なものを買ってきますので、アリアとレインは出発の準備をしてもらってていいですか？」

「わかった」

「え？　わた……」

俺はアリアの口を塞ぐ。

今は口を出しちゃいけないやつだ。

アリアは俺の腕の中で暴れているが、今は我慢してくれ。

「ふ、二人で準備をしておくよ。だからミーリアは市場をお願い」

「よろしくお願いしますね。では、私は着替えてきます」

ミーリアはそう言い残して、部屋を出ていく。

その背中は心なしかウキウキしているように見える。

「……ふう」

「ど、どうしたの？　市場ならみんなで行けばいいじゃない？」

アリアは不思議そうに聞いてくる。

少しだけ前のアリアに戻ってくれてほっとする。

だが、まだその瞳には不安の色が見える。

自分が何か間違いを犯したと思っているんだろう。

そんなことないのに。

俺は苦笑いをしながら答える。

「実は、ミーリアは市場を見るのを楽しみにしてたんだ。どうやら、ブレスレットが売れなかったのがショックらしい。市場調査をするって言ってた」

「え？　あれ？　どうして？」

村に辺境伯の執事長がくる前にジーゲとミーリアはいろいろと商談をしていた。

そこであのブレスレットを売ろうとしたらしいが、思ったような値段がつかなかったそうだ。

かなり悔しそうにしていた。

「なんでも、軍事物資になるから、あまり作らないように言われたらしい。効果が強すぎるって」

「あー」

正確に言うと、値段自体は予想より高く、全て買い取ってもらえた。

だが、魔術の効果を上げるようなアイテムは軍事物資になるから、市販することはできないと言われたそうだ。

よく考えてみると当たり前だよな。

この世界で魔術と言えば攻撃魔術なのだ。

その効果を上げるっていうことは攻撃力を上げるものだ。

あのブレスレットは日本で言うと、銃の命中力を上げるレーザースコープや爆弾の威力を増す火薬みたいなものだ。

市販できるわけがなかった。

「そういうわけで、次のヒット商品候補を探して、市場調査をするつもりらしい。一緒に行ったら多分大変なことになる。アリアもミーリアのことはよく知ってるだろ？」

「それは一緒に行かないほうがいいかもしれないわね」

アリアは納得したようにベッドに横になる。

アリア自身は被害を受けていないが、暴走したミーリアに巻き込まれたリノとキーリの姉妹のことはアリアも見ていたはずだ。

(アリアの体調が不安だしな)

実際はミーリアもそのことを考えて一人で行くと言ったんだろう。

こんな状況だ。

必要なものを買って軽く市場を見て回って帰ってくるだろう。

……多分大丈夫。

俺は一抹の不安を感じながらも、帰り支度をするために立ち上がった。

「俺たちは今のうちに帰りの準備をしておこう。昨日の夜のうちにアリアの宿から荷物は運んであるらしい。と言っても、ほとんど何もなかったらしいけど」

「そうね。あ！」

いきなりアリアが大きな声を出す。

どうやら、何かを思い出したらしい。

バツが悪そうに俺のほうを見る。

俺には何の心当たりもないんだが。

何かまずいことでもあったのか？

「ごめんなさい。言いつけを破ってレインにもらった剣、折ってしまったの」

「剣？　あぁ。あれか」

俺はアリアのベッドの脇に立てかけてあった剣を指す。

アリアがスライムと戦っていたときに持っていた剣だ。

あの場所に落ちていたのを俺が回収していた。

アリアはそれを手にとって引き抜く。

剣は半ばでぽっきりと折れていた。

どうやら、そのことを気にしていたらしい。

「レインの言いつけを守らずに使い続けていたら折れちゃって」

途中の村でアリアは魔物退治をしたらしい。

俺たちも道中その村を通ったので、アリアが村を助けたことは知っていた。

そのあと、普段ならキーリがかけてくれる『修復』の魔術を使わずに使い続けたことを言っているのだろう。

「今回は仕方ないさ。まあ、道具っていうのはいつか壊れるものだからな」

「……直る、かな？」

「ん？　この剣を使い続けたいのか？」

その剣はもうだいぶ前からずっと使っている。

折れたなら次の剣に持ちかえればいいかと思っていたのだが。

「良いのか？　もう少し強力な剣にかえることもできるけど」

「この子は今まで一緒に戦ってきた戦友だし、私はまだこの子を使いこなせてない。これ以上強い剣なんて私では力不足だわ」

「……」

自分より強い魔物と対峙《たいじ》して何か思うことがあったのか。

そういえば、あの村を襲ったブラックウルフのときも、アリアは魔物が倒されてから帰ってきたしな。

「まあ、アリアがそうしたいならそうすれば良いさ。折れた程度であればキーリに直して貰えば良いだろ」

「直せるのね。よかった」

アリアは優しく剣を撫でる。

「剣に付与するような魔術を教えようか？」

「……レインはどうしたほうがいいと思う？」

アリアは俺の瞳をじっと覗き込んでくる。

「……魔力消費が多いから、今のアリアにはちょっと早いとは思うけど、覚えておいてもいいかなと思ってるよ」

「そっか。じゃあ、レインがちょうどいいって思ったときに教えて」

ん？

アリアなら食い気味に聞いてくると思っていたが、予想と違う反応が返ってきた。

「良いのか？」

「できないことを覚えると、無理しちゃうから。まずはできることからやろうと思うの」

「……そっか。わかったよ」

俺は剣をしまい、黙々と防具の手入れを始めたアリアの背中を見守った。

＊＊＊

「じゃあ、気をつけて帰りなよ」

「辺境伯様には大変お世話になりました」

一日はあっという間に過ぎ、午前中の間に出発をすることになった。

ミーリアはやはり自制できなかったらしく、市場が閉まる時間を過ぎてやっと屋敷に帰ってきた。

そのあと、夜遅くまで支度をしてなんとか今日の出発には間に合ったようだ。

「あの、武闘会の件とかありがとうございました」

「アリアが気にするほどのことじゃないよ」

辺境伯は忙しく動き回ってくれて、二回戦以降の不参加は問題ないらしい。

それ以外にも、貴族籍を残すためや、フローリア辺境伯家の養子としてお披露目する会もすっ飛ばすことについて、いろいろと奔走してくれていたらしい。

ほんとにこの人には頭が上がらないな。

今だって、時間を割いて見送りに来てくれた。

アリアが、今他人が怖いということも考慮して、護衛は最小限にしてくれている。

そのおかげで、アリアも何とか辺境伯の前に立てている。

アリアは隣にいるミーリアの手をしっかりと握ったままではあるが、昨日よりはましになったような気もする。

昨日は部屋の前を誰かが通る足音を聞くだけでおどおどしていた。

それに俺かミーリアが一緒にいないと顔が真っ青になっていた。

この調子なら、すぐにでも元に戻るだろう。

辺境伯も、そんなアリアの様子を見て大丈夫だと思ったのか、ホッと胸を撫で下ろしている。

「元気でやりなよ。それに、うちの養女になったんだから、お義母様《かあ》と呼んでくれてもいいんだよ」

「……それでは、恐れ多いですが、お義母様と呼ばせていただきます」

アリアの発言を聞いて、辺境伯は目を見開く。

「ご、ご不快でしたか？」

アリアが不安そうにそう聞くと、辺境伯は優しく笑う。

「いや、そんなことはない。そう呼んでくれてうれしいよ。今までは何度言っても伯母様と呼んでくれなかったからね。少し驚いただけさ」

辺境伯はアリアの頭を優しく撫でる。

「アリア。何かあったらいつでも連絡してくるんだよ。あんたは私の養女になったんだから」

「……はい。お義母様」

「よし」

辺境伯は俺とミーリアのほうを見る。

「レイン、ミーリア。娘のことを頼むよ」

「「はい」」

俺たちが返事をすると、辺境伯は力強くうなずいた。

アリアたちの修行にこれまで以上に力を入れよう。

俺はそんな風に思いながら辺境伯の屋敷を後にした。

◇◇◇

「いらっしゃいませ」

「……」

その日、王都のスラム街にあるバーにいつものように客が来た。

こんなバーに来る客はまともな人間じゃない。

おそらく、裏の仕事を依頼しに来た相手だろう。

このバーはマスターが昔いた組織の連絡の場となっている。

マスターは歳をとって組織の仕事にはついていけなくなったので半分抜ける代わりに連絡の場を提供する仕事をしているのだ。

「なんにしますか？」

「……」

男は無言のままマスターの前に座る。

そして、辺りの気配に神経を研ぎ澄ませる。

こういう客は多い。

後ろ暗い依頼をする者の大半はそうだ。

特にバックに貴族や大きな組織がある客はうかつに話をしたりはしない。

盗み聞きなどを警戒しているのだろう。

こっちもそんなことがあれば店を畳むしかないので、十分な警戒をしているが、お偉いさんはマスターのような下々の人間を信じたりはしないのだ。

「……どうぞ」

マスターは水を差し出す。

まあ、飲まないだろうが、何もないというのも不審に思われる。

そして、魔道具を発動させた。

この魔道具はカウンターに座った人間の声がマスターにしか聞こえなくなる物だ。

どこかの遺跡から出てきた物らしいが、こういう仕事のときには最適だ。

しかし、なんの用事だろうか。

今は王都では社交シーズンだ。

春は下々の者は何かと忙しいというのに、お貴族様とは本当に暇なのだなと毎年思う。

それはさておき、大体は社交シーズンが始まる前には情報収集を終わらせているし、暗殺の依頼をしに来るにしても遅い。

いや、そういえば、今年の武闘会で貴族崩れが貴族を倒したという話を聞いた。

もしかして、そいつを殺せという依頼か？

そうであるならば、しっかりと調べて受ける必要があるだろう。

その貴族崩れが強いというのもあるが、大体そういう奴は何かしらの後ろ盾を持っている。

よく調べずに手を出せばやけどでは済まないことになる。

もしくは、隣国で動きがあったのか？

ずっとうちの国と隣の国は小競り合いを続けている。

もう原因もわからなくなるくらい昔からの因縁なので、貴族たちは真面目に戦ってはいない。

マスターたちのような裏の者を通じて隣国と繋《つな》ぎをとり、目障りな貴族を潰したり敵対勢力の力を削いだりすることに戦争が利用されているのだ。

今年の夏も何かあるという話は流れてきている。

隣国もうちと同じような状況で、隣国の好戦派がうちの国の主戦派である第二王子派と組んで、第三王子派に何かをするという話だ。

マスターの組織は関わっていないので、詳しくは知らないが、第三王子派には人員が行かないように手配している。

第三王子はスラムで炊き出しなどをしてくれるいい王子だが、戦争がなくなるとマスターたちも困るため、積極的に手を貸そうとは思わない。

「依頼がある」

「どういったご用件でしょうか」

たっぷり十分ほどしてから客は話し出した。

さっきからいろいろな魔道具を使っていたから、盗み聞きされていない確証を得られたのだろう。

「辺境の開拓村を調査してほしい」

予想外の依頼にマスターは一瞬反応できなかった。

「……開拓村ですか？」

「あぁ。去年新しい開拓村が作られたのはお前も知っているだろ？」

「ええ。まぁ」

そういえば、一昨年の冬に開拓村の住民募集があった。

辺境伯の肝煎だったのでマスターの組織からは誰も人を出さなかった。

魔の森の近くの開拓村は魔石が手に入れやすく、うまくいけば大儲けできるが、辺境伯の目を盗んでやるにはリスクが高すぎる。

それに、男が一人もいなくなったという話も聞いたので今年の春にはなくなるだろうとのもっぱらの噂だ。

見栄のために辺境伯が補充の人員を入れるかもしれないが、そう長くは続かないだろう。

そんな場所を調べろとは、いったいどういう理由だろうか？

「もしかしたら遺跡が見つかったかもしれない」

「なるほど」

遺跡。

古代魔術師文明時代の遺産が大量に見つかる場所だ。

もしそれが見つかったのであれば、相当な利益を生むだろう。

「何か確証があるのですか？」

「それくらいは調べろ。……と言いたいところだが、今は少しでも早く結果が欲しい。だから教えてやろう。武闘会に出た貴族崩れが魔術を斬る魔剣を持っていたのだ」

「その者が件の開拓村の関係者だったと」

「そうだ」

なるほど。

それは調べる必要がありそうだな。

「来週にまた来る。それまでに調べておけ」

「ここから魔の森までは馬車で半月かかります。流石にそれは……」

「それまでにわかった部分だけでいい。どうせ現地に行く者の他に王都でも情報を集めるのだろう？」

「……ご明察です」

マスターは頭を下げた状態で苦笑いをする。

どうやら、全てお見通しのようだ。

こういう客は面倒なので、少しでも余裕を持っておきたかったのだが。

まあ仕方ない。

「わかりました。では一週間後に」

「任せた」

男はそう言って金貨を一枚置いて席を立つ。

金貨が前金とはなかなか剛毅《ごうき》な客だな。

いや、バックにいる貴族がそれだけでかいということか。

マスターは客が店から出ていくまで頭を下げ続けた。

「国境の状況はどうなっている？」

「はっ！　こちらも中央軍が動かせないせいで攻め切れていませんが、向こうも軍を統率し切れていないらしく、一進一退という状況です。おそらく隣国も飢饉《ききん》の影響を完全には払拭できていないのでしょう」

「そうか」

隣国が攻めてきてから軍をかき集めて国境に向かわせた。

軍務大臣が最前線に行ってしまったので、今国王に対応しているのは軍務副大臣だ。

状況は悪くはないらしい。

どうやら隣国はまだ飢饉の影響から完全復活できていないそうだ。

そのせいで戦争に負けたと理解していないのだろうか？

いや、それがあっても勝てると思われたのか。

この国の去年の状況はかなりひどいものだった。

おそらく、そのことは隣国も承知の上だろう。

どこから漏れたかは大体わかっている。

「隣国から人質として嫁いできた妃はまだ発見できないのか？」

「は、はい。方々に手を回して捜してはいるのですが、まだ……。もしかしたらもう国外に脱出しているかもしれません。手引きした者は捕らえてあります」

「……そうか」

人質として隣国から嫁いできた妃は、いつの間にかいなくなっていたらしい。

もっと早くに気づいていれば状況も変わっていたのかもしれないが、今更そんなことを言っても仕方ない。

国王が後宮に立ち入り禁止になっていたことで発見が遅くなった。

原因はそれだけではない。

騎士団が壊滅したため、近衛騎士に本来騎士団が行う仕事を依頼していたせいで後宮の警備が薄くなっていたのだ。

その隙をつかれて脱出されてしまったようだ。

後宮の妃たちは現在、自室で謹慎している。

今回のことの原因は妃たちにもある。

国王に抗議するためとはいえ、国王を後宮から追い出したのは彼女たちだからだ。

だが、今は謹慎以上の罰を与える予定はない。

もっと重い罰を求める声も多かったが、妃たちは重要な役職を占める貴族の関係者だ。

もし重い罰を与えれば国は間違いなく荒れる。

すでに、妃たちを謹慎にしているために中央へのパイプが薄くなったと不満が出ているくらいなのだ。

そして、そういうことを言う貴族に限って力を持っている。

この状況で自己の利益しか考えない者が権力者の中に多くいたということだ。

この国にはこんなに膿《うみ》がたまっていたのかと驚いてしまった。

しかし現状、これ以上国内を荒らすわけにはいかない。

妃たちへの罰や膿を出すのは全てがおさまった後ということになるだろう。

「中央軍はいつ頃動かせそうだ？」

「魔の森と領地を隣接する貴族には通達済みです。一ヵ月以内にはなんとかできるかと」

「そうか」

魔の森と隣接するのは四つの公爵家だ。

うち一つがルナンフォルシード公爵家で、もう一つがディズロールグランドハイト公爵家だ。

その二つも含めて四つの公爵家からは今回の戦争にも出兵を求めていない。

ディズロールグランドハイト公爵家には今までの罰に兵を出させるべきだという話は方々から出た。

だが、ディズロールグランドハイト公爵家からの嘆願もあったので、出兵は求めなかった。

戦後にもっと批判を浴びそうなところがあったので、不満は分散させたいと思ったのだ。

「ルナンフォルシード公爵家は大丈夫なのか？」

「ルナンフォルシード公爵家には第二王女殿下が私兵を率いて向かったそうです。殿下の私兵は数は少ないですが、精鋭揃《ぞろ》いと聞いているので、おそらく大丈夫でしょう」

「……そうか」

第二王女はアーミリシアのことを気に入っていた。

ルナンフォルシード公爵家に嫁いだ後も定期的に通っていたようだ。

戦争が起きて中央軍が魔の森の防衛から外れるかもしれないとわかれば、行くのは予想できたことだ。

「しかし、大丈夫でしょうか？」

「何がだ？」

「他の三家からルナンフォルシード公爵家ばかり贔屓《ひいき》していると言われないでしょうか？」

「うーむ」

国王は腕を組んで考える。

ルナンフォルシード公爵家は法衣伯爵から土地持ちの公爵に最近なったばかりだ。

王家が助けなければいけないということは少し考えればわかるだろう。

だが、周りがどう受けとめるかはわからない。

いざというときはディズロールグランドハイト公爵家を盾にするつもりだが、それだけでは足りないかもしれないな。

「第二王女の私兵は中隊規模だったな？」

「はい。そのはずです」

「であれば、他の三家には中央軍からそれぞれ中隊規模の部隊を残しておけばいいだろう。三中隊であれば抜けても中央軍全体にはそれほどの影響はなかろう」

「では、そのようにいたします」

軍務副大臣は頭を下げる。

元々そのつもりだったのだろう。

どうやらこれでこの話は終わりのようだ。

国王は大きなため息を吐く。

今は王家の威信が低下している。

付け込まれる隙は少しでも少ないほうがいい。

これまでに魔の森から出てきた魔物を考えると、魔の森近辺を守る辺境軍と貴族の軍、そして、中央軍の中隊がいればなんとかなるだろう。

「はあ、もうすぐ春なのに私のやることはどんどん増えていくな」

冬はどこの貴族も暇なので、王都に集まってきて社交が開かれる。

春になれば作付けもあるため貴族が各地に散っていく。

いつもは春になればもっと余裕があるはずなのだ。

今年は暇になる気配は全くない。

「心中お察しします。そういえば、魔の森の辺境軍から面会依頼が来ています。春が来るので至急とのことでしたが、いかがいたしますか？」

「そんな余裕はない。少なくとも、中央軍の国境への移動を待つように伝えてくれ」

「承知いたしました」

辺境軍からの嘆願は今までも何度もあった。

どうせいつも通りの増援依頼だろう。

中央軍と辺境軍で報告される数字が違うので、調べてみたら辺境軍は相当適当な仕事をしていた。

理由を聞いたら忙しくて仕方がなかったと弁明してきたそうだ。

大臣どころか、国王の十分の一も仕事をしていないのに忙しいと言ってきたときには耳を疑った。

対魔貴族がいた頃はかなり適当な仕事をしていたのだろう。

確認してみると、ここ数年は報告される数字が毎年ほとんど一緒だった。

あの様子だと、毎年適当な数字を書いて報告していたに違いない。

戦争が終われば辺境軍も大規模に改革する必要があるだろう。

こっちはいろいろとあって家族にも会えていないのだ。

辺境軍の愚痴など聞いていられない。

王都はもうすぐ春が来るが、この国の冬はまだまだ続きそうだ。

第二章　なんか、帰ってきたっぽい。

「はあ。帰ってこられたわ」

「一ヵ月ちょっとぶりなのにだいぶ離れていた気がするな」

俺たちは開拓村に帰ってきていた。

「帰りは快適だったわ。行きは徒歩だったから大変だったのよ」

帰りは辺境伯が馬車を用意してくれたので、快適な旅路だった。

まあ、アリアと違って俺とミーリアは行きも馬車だったので、快適さは変わらないが。

「あ！　レイン兄ちゃーん！」

「あ。リノ」

俺たちが馬車から降りると、家の中からリノが走ってくる。

「おかえり。レイン兄ちゃん！」

「ただいま。リノ。大丈夫だったか？」

俺はリノの頭を撫《な》でる。

「うん！　出てきた魔物もへんきょーはく様の部隊が倒してくれたから、むしろ、何もできなくて体がなまっちゃいそうだった！」

「そうか」

辺境伯の執事長は俺たちの移動許可と一緒に、この村を守る兵士を貸してくれていた。

リノたちだけでも十分だったのだが、念には念をということなのだろう。

断ることもできたのだが、ミーリアが断るのも失礼になると言ったので、俺たちがいない間の護衛を任せたのだ。

兵士に魔術は見せないことにした。

これもミーリアの提案で、今この国は戦争中なので、魔術が使えると知られると、戦場に駆り出されるかもしれないから、見せないほうがいいということになったのだ。

結果、リノたちは完全に家に籠っていたらしい。

スイとキーリは魔導書が読めるようになっていたので退屈しなかったようだが、リノはだいぶ退屈していたようだ。

「おかえりなさい。アリア。それから、ミーリアとレインも」

「おかえり」

リノの後を追うようにキーリとスイが家から出てくる。

「ただいま戻りました」

「あ、ただいま。キーリにも心配かけたわよね。ごめんなさい」

「アリア……。ううん。アリアが無事でよかったわ」

そう言ってキーリはアリアと抱擁を交わす。

俺が出発する前に、執事長から結構怖い大会だっていうことを聞かされていた。

キーリもアリアのことをかなり心配していたからな。

「私は魔の森を見てくれている兵士さんと話をしてきますね。私たちが乗ってきた馬車で辺境伯様の領都に帰られると思うので、早くしたほうがいいでしょう」

「頼むよ。ミーリア」

ミーリアはそう言って魔の森のほうにある村の出口へと向かっていった。

さっきまで御者と話していたのも、いつまで待ってもらえるか聞いていたのかもしれない。

まあ、急ぐ必要もないとは思うが。

「レイン兄ちゃん！　レイン兄ちゃんが帰ってきたってことは魔の森に行けるってことだよな！　早く行こうぜ！」

「いや、リノたちが魔術を使えるのがバレないように、兵士さんが帰るまでは行けないから」

「えー」

いや、早く帰ってもらったほうがいいな。

いつまでもリノを止めてはおけない。

今の様子を見てキーリが苦笑いしているところからも、これまでも抑えるのが大変だったんだろう。

「リノ。それより、アリアが帰ってきたら、お帰りなさいパーティをするんじゃなかったの？　仕上げ、まだ終わってなかったんじゃないの？」

「あ！　そうだった！」

リノはそう言って家へと戻っていく。

相変わらず慌ただしい。

だけど、あの様子を見ていると帰ってきたなっていう気分になるな。

「キーリ。別にパーティなんて必要ないのに」

「……そうでもしないとリノが外に飛び出しちゃいそうだったの」

「……それは仕方ないわね」

たしかに、何か理由をつけないとリノはすぐにどこかに行ってしまいそうだ。

それにはパーティの準備はうってつけだろう。

リノは手先が器用だし、何かと凝り性な部分もあるしな。

「本当にありがとうございました」

「いえいえ。任務ですから。お気になさらずに」

俺たちが話をしていると、ミーリアが四人の兵士さんを連れて帰ってくる。

「……っ……っ」

アリアが兵士さんにお礼を言おうとする。

この村の代表者だから当然のことだ。

だけど、声がうまく出ないらしく、手足も震えている。

顔色も真っ青だ。

「本当にありがとうございました」

「おぉ！　レイン殿！」

俺はアリアを隠すように前に出て兵士さんに声をかける。

兵士さんは俺を見て、こちらに駆け寄ってくる。

「レイン殿が剣と防具に付与魔術をかけてくださったおかげで楽に戦えました」

「そうです。グレイウルフをあんなに楽に倒せたのは初めてです」

口々に兵士たちがお礼を言ってくれる。

まあ、簡単な付与をしただけなので、そこまでお礼を言われても困るんだが。

内容も『剣強化』と『防具強化』っていう既にある魔術だったし。

「簡単な魔術ですよ。付与魔術はもう少しで切れてしまうので、ここでかけ直しましょうか？」

「お気遣いなく。おそらくもう切れています。付与魔術のおかげで楽をしすぎて昨日の戦闘は少し手間取ってしまいましたよ。帰ったら鍛え直しです」

そう言って兵士さんは右腕を見せてくれる。

右腕には包帯が巻かれており、怪我をしているようだった。

よく見ると、他の兵士さんも何ヵ所か傷を負っている。

「……これ、ポーションです。よかったら使ってください」

俺はポケットから取り出したと見せかけて、『収納』から回復ポーションを取り出す。

回復魔術はこの国でも教会の既得権益らしいから易々と使うわけにはいかないが、ポーションなら良いだろう。

このポーションは昔、俺が自作したもので、効能は低いけど、一本で四人の傷を治すくらいはできる。

キーリがすぐに作れるようになるだろうから、あげても大丈夫だろう。

というか、瓶を用意するためにすでに何本か捨てているし。

「……こんな高価なものいただけませんよ」

「大丈夫ですよ。簡単に作れるものですから」

「良いのですか？」

「ええ。むちゃくちゃ苦いので、水に薄めて飲んでください」

俺の失敗作はめちゃくちゃ苦いのだ。

だからこそ作っただけで全然使っていない。

こんな苦いポーションを飲むくらいだったら回復魔術を使ったほうがいいからな。

「……ありがとうございます。ありがたく使わせていただきます」

兵士さんは俺のポーションを恭しく受け取る。

すみません。

それ、ただの在庫処分なんです。

このポーションの効能が高すぎたせいで、ポーションの発注が大量に来てキーリが泣きを見るのは少し先の話だ。

＊＊＊

「では、私たちはこれで」

「本当にありがとうございました」

俺たちが乗ってきた馬車で兵士さんが帰っていく。

荷物も最小限しか持ってきていなかったらしく、俺たちが着いてからほとんど時間がたたないうちに出発していった。

ポーションは相当苦かったらしく、飲んだ兵士さんはものすごい顔になっていた。

回復の効果があったのと、俺に気を使って無理に飲もうとしてくれたが、無理してポーションを飲むより自然回復を待ったほうがいい。

俺はそう思っていたが、兵士さんはポーションでの回復のほうがいいと思ったらしく、ポーションを水筒の水で薄めて飲み出した。

まあ、薄めても効果は減らないしいいだろう。

薄めるとだいぶ飲めるようになったらしく、残りは馬車の中で飲むと言っていた。

在庫処分のつもりだったが、悪いことをしたかもしれない。

俺なら飲まんし。

「あれ？　兵士のおっちゃんたち帰っちゃったの？」

「あぁ。さっき帰っていったぞ？」

「えぇー。おっちゃんたちにもパーティに参加してもらおうと思ってたのに。さよーならー」

家から出てきたリノは、俺のすぐそばに来て、大きな声を出しながら馬車に向かって手を振る。

馬車はすでに小さくなっていて、もう声が届くかどうかは微妙な距離だ。

だが、なんとか声は届いたらしく、馬車の後ろに乗っていた兵士さんが手を振り返してくれる。

中にいた兵士さんもわざわざ出てきて手を振り返してくれた。

一ヵ月のうちにリノはあの兵士さんとかなり仲良くなったらしい。

（リノは兵士さんも一緒にパーティに呼ぶつもりだったみたいだけど、今は無理だろうな）

多分アリアが耐えられない。

アリアはまだ一人になったり、知らない人と一緒にいたりすると体の震えが止まらないらしい。

この半月の移動でだいぶマシにはなった。

アリア自身が治そうとして人のいるところに行ってみたり、俺たちと離れてみたりしていたから、その成果が出たのだろう。

ずっと一緒だった馬車の御者さんとは日常会話レベルなら言葉を交わせるようになっていたし。

だが、まだ知らない人とはうまく会話できない。

こういうのは地道に治していくしかないだろう。

「じゃあ、パーティしようぜ！　パーティ！」

「私も、手伝った」

馬車が見えなくなると、リノはアリアの服を引っ張って家に連れていこうとする。

リノの隣で馬車に手を振っていたスイも俺の服を引っ張る。

俺たちは苦笑いをしながら二人の後についていった。

＊＊＊

「うわ。すっげ」

「なに、これ」

家に入った俺とアリアは入り口のところで立ち止まってしまった。

部屋の中は色とりどりの電飾で飾り付けられていた。

電飾はそれぞれが規則的に点滅しており、前世のクリスマスを思い出す。

「へへーん。すごいだろ！」

「私も。頑張った」

「まあ、料理はこれからだけどね」

これ、『光玉』だよな。

しかも、点滅してるってことは込める魔力量によって明るさや発光方法が変わるやつだ。

必要魔力量こそ少ないが、キーリが読んでいた本に載っていた中でもかなり難しい部類に入るはずだ。

錬成のための工程がかなり複雑で、材料の誤差もほとんど許されなかったはずだ。

難易度的には『水玉』なんかと全然違う。

よく作れたな。

俺には絶対に無理だ。

それに数も尋常じゃない。

たしかに素材は大量にあったから作れなくはない。

でも、キーリ一人で作るのは無理だろうし、リノとスイも手伝ったんだろう。

「これを三人で作ったのか？」

「そうよ。リノもスイも頑張ってたわ」

ジーゲは約束通り錬成鍋を用意してくれた。

少し小さめのものだったけど、ちゃんと動くやつだ。

それはリノのものになった。

リノは飽きっぽい印象だったから錬成は向いてないかと思ったけど、認識を改めないといけないな。

「どうだ？　レイン兄ちゃん？　すごいか？」

「すごい？」

「おぉ！　二人ともすごいぞ！」

俺は二人の頭を撫でる。

二人は気持ちよさそうに目を閉じる。

こうしていると、帰ってきたなって気分になる。

アリアもこの飾り付けが気に入ったのか、光玉を触ってみたりしている。

「こんなにたくさん光玉を作っても大丈夫だったかしら？　光玉の需要は高いって聞いてたから作っちゃったんだけど」

「えぇ。むしろ好都合です」

「……そう。なら良かったわ……」

キーリがミーリアにそう聞くと、ミーリアは怪しげな笑いを浮かべる。

それを見て、キーリの笑顔が引きつった。

おそらく、前のブレスレットのことを思い出したのだろう。

あのときもこんな顔をしていた。

その予想はおそらく正しい。

俺もミーリアが次に何を売り出すつもりかは聞いていない。

だが、おそらく光に関する何かなのだろう。

光の強さがとか眩《まぶ》しさがどうとかっていうセリフが、ミーリアが考え事をしているときに何度か聞こえてきた。

リノは何にも気づいていないのか、キョトンとした顔でミーリアを見上げている。

ミーリアはリノのデザインをかなり気に入ってるから、今回もリノは前回同様大変なことになる気がするんだが。

知らないとは幸せなことだな。

「ねぇミーリア。何を、作るつもりなの？」

「後で話します。今はパーティを楽しみましょう？」

「おぉ！　パーティしようぜ！　パーティ！」

「そうね。そうしましょう。料理は手伝うわ」

アリアたちはパーティの料理を作り始めた。

＊＊＊

「村のほうは変わりはなかった？」

「そうですね。大きな変化はなかったわ」

パーティ用の料理を作りながらアリアとキーリが話をしている。

アリアの帰還を祝うパーティなのに、アリアが料理を作るのか、とも一瞬思った。

だが、一緒に料理を作ることがいつも通りなのでこれはこれで俺たちらしくていいと思う。

俺は料理は手伝えないので食器の準備とかをしている。

これも悲しいことにいつも通りだ。

こうして見ていると、アリアもいつも通りの様子だ。

他の人がいない場所ではこの半月も平気そうにはしていたが、どこか強張った感じだった。

だが、この村に帰ってきてからは昨日まで以上に元気にはなっている気がする。

やはり、この村にいれば安心するのだろう。

俺もこの村に着いて「帰ってきた」っていう気分になったし。

俺にとっても、もうこの村が故郷なんだろう。

「あ。とりあえず畑は作り始めてるわ。雪が溶け切った半月くらい前から始めたけど、予定の半分はもう終わっちゃった」

「早いわね」

アリアの言う通り、予定よりかなり早い進捗だ。

全員揃《そろ》っていても、半分終わらせるのにあと一ヵ月はかかる予定だった。

「木の鍬《くわ》がかなり高性能だったのよ。兵士さんも驚いてたわ。去年の三倍以上のスピードで耕せてるわ。流石、錬成鍋で作った魔道具は違うわね。まだ春になったばかりだけど、もう開墾は終わっちゃいそう」

この国では春の社交が始まるとき、つまり、武闘会が始まったときが春の始まりということになっている。

春はまだ始まったばかりだから、それほど焦ることもない。

だが、早く終わるに越したことはない。

気候的に俺たちが出発するときにはまだ雪が残っていたのに、今では雪が完全に溶け切って春になっている。

耕すのが速くなった理由はやはり魔道具の鍬らしい。

普通の鍬は鍛冶師などに作ってもらう。

それでも畑を耕すことは十分に可能だが、錬成して作ったもののほうがやはり高性能なのだろう。

材料は魔の森の木だしな。

「木の鍬の減り具合はどうなんだ？」

「うーん。残りが半分弱、ってところね。予定エリアを開墾したらなくなっちゃいそう」

「そうか」

俺の質問にキーリは手を止めずに答える。

木の鍬は結局百本作った。

開拓予定のエリアも考えて百本とした。

少し余裕があると思っていたが、ギリギリだったか。

「追加で作っておいたほうがいいかな？」

「うーん。アリアはどう思う？」

「え？　私？」

俺に会話を振られてアリアは驚いた顔を見せる。

「俺はどっちでもいいっていうのもあるけど、アリアがこの村の代表なんだからな。最終決定はアリアにしてもらったほうがいいかなと」

「うーん。追加するとすれば、探索が少し遅くなるのよね。でも、追加しないと、予定のエリアを畑にできないかもしれないし……」

アリアは確認するように懸念点を口に出していく。

木の鍬は材料が魔の森の木なので、材料を手に入れるのが難しい。

前も木の鍬を作っていたときは探索があまり進まなかった。

「リノには探索をかなり我慢させちゃったし、探索優先でいいんじゃないかしら？　辺境伯様に畑の面積を報告するのはもうちょっと先の予定だし、わざわざ追加を作る必要はないと思うわ。足りるかもしれないのよね」

「……ええ。今のペースなら足りるはずよ」

キーリは驚いた表情でアリアを見ている。

料理の手も止まっている。

「なら、とりあえず、今ある分を使って畑を作っちゃって、探索を再開しましょう。どうしても面積が足りないようだったらそこから作っても間に合うでしょ……って何？」

キーリが手を止めたことにアリアが気づき、アリアも手を止める。

「いや、アリア。なんか。すこし変わった？」

「え？」

「なんか、前はもっと……なんと言うか、思ったことを何も考えずにやってたじゃない？　でも今はいろいろと考えてから判断してる」

「……まあ、王都でいろいろあったからね」

アリアはすこし俯《うつむ》く。

王都では本当にいろいろあった。

まあ、思ったことはいろいろあるだろう。

他人が怖くなるくらいには印象的な出来事だったのだから。

「まだ、全然ダメダメだけど、レインだったらどうするかなって考えてから行動するようにしてるの」

「え？　俺？」

アリアにいきなり名前を挙げられて俺は驚く。

そこまでアリアに認められているとは思っていなかった。

魔術の腕はともかく、判断とかはいろいろ失敗もする。

アリアに認めてもらえるようなことはないと思うんだけど。

「うん。いいんじゃないかな？」

キーリまでそんなことを言ってくる。

流石にそこまで認められていると怖くなるんだが。

俺なんかよりすごい人はかなりいると思う。

「もっと参考にするのにふさわしい人がいるんじゃないか？　辺境伯様とか」

「お義母様《かあ》は近くにいないもの。私の近くにいる人で、一番参考にすべき相手はレインよ」

まあ、たしかに、辺境伯の養女になったとはいえ、そこまで時間を割いてはくれないだろう。

大会社の社長がコネ入社した姪《めい》っ子のことなんて気にするはずはない。

それは養子縁組をしても大して変わらないだろう。

それにしても俺か。

……思った以上に信頼されてるらしいな。

「はあ。ほどほどにしておけよ？　失敗しても俺は知らんからな」

「大丈夫。信じてるから」

アリアはそう言っていい笑顔で笑う。

まあ、この笑顔を守るために少し頑張るか。

俺はそんな風に思って気を引き締めなおした。

「じゃあ、あとでミーリアたちにも確認して、反論が出なければ木の鍬がなくなるか、目標のエリアを開拓し終わるまで一気に開墾しちゃいましょう！」

「そうね。そうしましょう」

そう言って、アリアとキーリは再びパーティの料理に戻っていった。

＊＊＊

「じゃあ、探索は畑仕事が終わってからってことか？」

「そうね。その予定よ」

「わかった。じゃあ、さっさとやっちまおうぜ」

パーティが終わって今後の予定を話すと、リノはすぐに仕事の準備を始めた。

俺はリノが不満を言うと思っていた。

だが、そんな様子は全くない。

なんでだ？

俺が首を捻りながらリノを見ていると、リノと目が合う。

「ん？　レイン兄ちゃん？　どうかしたのか？」

「いや、リノは早く探索したいと言うかと思ってたから」

俺のセリフにリノはキョトンとした顔になる。

俺の言っていることの意味がわからないみたいだ。

「何言ってるんだ？　仕事を終わらせてからじゃないとやりたいことができないのは当然だろ？」

スイのほうも見るが、それが当たり前という顔をしている。

どうやら、ここではおかしなことを言っているのは俺のほうらしい。

リノとスイはこの春で十三になった。

成人の十五歳まであと二年ある。

まだ子供の年齢だ。

だが、この辺では子供だからといってわがままが通るわけではないらしい。

農村では子供でも働いて当たり前なのだろう。

元貴族で一定以上の教育を受けているはずのアリアやミーリアはまだしも、キーリも十六歳にしては落ち着いているなとは思っていた。

子供の頃から仕事をしていて、子供扱いはされていなかったのかもしれない。

すこし悲しく思ってしまうのは、俺が前世の記憶を引きずっているからか。

「じゃあ、明日から作業開始ってことでお願いね」

そんなことを考えているうちにも話は進んでいく。

「明日から？　今日からじゃないのか？」

「こら。リノ。アリアたちも疲れてるんだから帰ってきた日くらいはゆっくりさせてあげなさい」

「そっか。それもそうだな」

俺たちは今日帰ってきたところなのだ。

特にアリアはかなり疲れている。

今日は休みにしたほうがいいだろう。

パーティをしているうちに、もうすぐ夕暮れの時間になってるしな。

「じゃあ、みんなお願いね。レインはその二週間どうする？」

アリアが俺の予定を聞いてくる。

アリアたちはこれから二週間、開墾作業を行うことになる。

農作業のできない俺は戦力外なわけだから、やることがないわけだ。

俺は開墾作業を手伝えないからな。

実はやろうと思っていることがある。

「うーん。俺はちょっと魔の森から出てきた魔物の狩りをしようかと思ってる」

「魔物狩り？」

「そう。今までは村のほうに出てくる魔物だけを退治してたけど、他のエリアにも手を広げようかなと」

辺境伯領はかなり広い範囲が魔の森に接している。

そして、この開拓村の近く以外の場所からも魔物が辺境伯領に流入している。

実際、王都に行く途中でアリアが倒した魔物もこの魔の森から飛び出した魔物だったようだし。

魔物が魔の森から出てくる一番の原因は魔の森の近くにある魔の森の支配の及ばないエリアを潰すためらしいので、開拓村のあるここが一番魔物が出やすい。

ここ以外の場所にいる魔物は魔の森での生存競争に負けて逃げ出した魔物だ。

だから比較的弱い魔物が多い。

それに、ほとんどが魔力濃度の濃い魔の森の近くから離れることはない。

だが、ごくまれに人里近くまで魔物が出ていくことがある。

そして、そうなった魔物は魔力の補充のため人を襲うことが多い。

人間は体内にかなりの量の魔力を溜めているからだ。

襲われたのが冒険者みたいな力のある相手であればまだいいが、一般人しかいない村なんかが襲われたら大変だ。

一般人は魔物に勝てるわけがないので、軍が討伐しにくるまで逃げ隠れするしか手はない。

対処が間に合わないと、一匹の魔物でもかなりの被害が出るらしい。

せっかく暇なので、この際、魔の森の近くにたむろしている魔物を一掃してしまおうと思ったのだ。

辺境伯にはお世話になっているんだし、それくらいはやってもいいだろう。

（特に春先は魔の森の魔物が活性化して外に出てくる魔物の量が増えるからな）

この開拓村は、辺境伯領の魔の森に接している部分のほぼ真ん中に位置する。

身体強化全開でやれば半日もあれば端っこまで行けるはずだ。

「今回は辺境伯様にお世話になったからな。魔物の多い春先に間引いておこうかと。まあ、取りこぼしも出るだろうから、建前は魔石を求めて広範囲を狩るってことにしとこうかな」

「……そうですね。依頼という形で受けるとまたお願いされるかもしれませんから、魔石集めという建前でいいと思います」

ミーリアも賛同してくれる。

おそらく、ミーリアが辺境伯にうまく伝えてくれるだろう。

暇つぶしっていう部分も多いんだけどな。

それに恩を売っておけば何かのときに助けてもらえるかもという打算もある。

「じゃあ、レインはそれでいいとして、私たちの探索再開は二週間後で大丈夫なの？」

「それでいいだろ。そのころになれば開墾作業も終わるだろうし。魔の森も落ち着いてるはずだ」

「魔の森が落ち着く？」

「あれ？　言ってなかったっけ？　春先の一ヵ月は魔物の動きが活発になるんだよ」

なぜかはわからないが、春先は魔物が活性化する。

魔の森の中の魔物も強くなって、魔力濃度も少しだけ上がるのだ。

母さんは嬉々《きき》としてこの期間に修行していたが、アリアたちはまだそのときじゃないだろう。

今年は期せずしてこの期間は魔の森の探索がなかったが、来年はちょっと気をつけたほうがいいかもしれないな。

来年には、みんなそんなこと気にしなくていいくらいに強くなってるかもしれないけど。

「じゃあ、探索再開は二週間後から。それまでに土地の開墾を終わらせましょう！」

「「「おー！」」」

こうして、俺たちは探索再開に向けて動き出した。

◇◇◇

「はー。めんどくさい仕事を受けちまったな」

ダニーは所属する組織の仕事で、開拓村の調査に来ている。

組織と言っても、非合法なこともする、言ってしまえば犯罪組織だ。

国の端っこまでは馬車で半月はかかる。

半月、馬車に揺られているだけの楽な仕事だと思っていたのだが、そういうわけではなかった。

それがわかったのは開拓村に一番近い町まで行ったときだ。

どうやら、ここの貴族様は開拓村への通行を一部の者以外許可していないらしい。

当然、ダニーも行けない。

結局、ダニーと弟分のニキアスは一つ町を戻り、玄関口となる町を迂回《うかい》する形で開拓村に向かうことにした。

村までの道も使えないから森を抜けることになった。

「上もどうしてこんな仕事を受けるかなー。どう考えてもヤバい仕事だろ」

お貴族様が移動制限をかけてまで守っている情報を探るとか、間違いなく危険だ。

まだ開拓村に着いていないが、いま見つかっても無事に帰してはくれないだろう。

良くて拷問。

下手すれば処刑だ。

「しょうがないっスよ、兄貴。お貴族様、それも、あのフレミア家からの依頼なんっスから。断れるはずないっスよ」

「まあ、それはわかってるんだけどさ」

そう。

この依頼のヤバい部分は依頼主も貴族だということだ。

貴族と貴族のゴタゴタはダニーが所属している組織のような非合法ギルドにとっては稼ぎどきだが、だいたい末端のギルド員は何人か死ぬ。

今回失敗すればダニーがその一人になるのだろう。

「でも、今この時期に受けることはないんじゃないか？　春先は魔物が活発になるから魔の森に近づくのは危険だろう？」

春先は魔の森から多くの魔物が出てくる。

ほとんどの魔物は貴族様の軍が倒すが、それも村に出没してからだ。

他に村もないようなこの辺りでは、どこで遭遇してもおかしくない。

「だから兄貴が選ばれたんじゃないっスか？　ほら、兄貴逃げ足速いから」

「な⁉」

上からはダニーが適任な任務だと言われた。

村に商人として潜入して、状況を探ってくる知的な任務だと言われたから受けたのに！

そういえばこの依頼をダニーに振ったときのボスは、笑いを堪えるような顔をしていた。

クッソー！

絶対帰ったら問い詰めてやる！

「兄貴。川が見えてきました。もうすぐ森を抜けます」

「そうか」

考え事をしていたらどうやら、かなり村に近づいていたらしい。

前を見るとたしかにすぐ近くに川が見える。

「よし。地図ではこの川を上って行って、湖を越えれば村が見えるはずだな」

「そうっスね。それより兄貴。村に行ったらどうするんっスか？」

ニキアスがおかしなことを聞いてくる。

「どうするってなんだ？　商人として潜入するんだろうが」

「でも、兄貴。俺たち商品を持ってませんよ？　馬車も前の村に預けっぱなしですし。何より、商品は開拓村に一番近い町で買うつもりだったのに、村への通路が閉鎖されてると聞いて買ってないっスよ？」

「あ！」

そういえばそうだった。

商品がないのに商人だと言うのは無理がある。

「……」

「……考えてなかったんっスか？」

「うっせぇ！　今考えてんだよ！」

どうする？

移住希望って言っても受け入れてもらえる気はしない。

もし受け入れられたとしても、村に縛られて王都の組織への連絡が難しくなる。

「兄貴！　兄貴！」

「なんだよ！　今考えてるってるだろうが！」

ニキアスがうるさい。

そう何度も話しかけられたら気が散るだろうが！

「そうじゃないっス！　あれ！　あれー！」

「あれ？」

ニキアスは対岸を指差して叫ぶ。

ダニーがニキアスの指差しているほうを見ると、灰色の狼《おおかみ》の真っ赤な瞳と目が合う。

あれは知っている。

この国で一番多く見られる魔物のグレイウルフだ。

その強さは本物で、小規模な冒険者パーティでは相手にもならないとか。

当然俺たちも相手にならない。

「ヤッベ！　逃げろ！」

「ま、まってくだせぇ！　兄貴ー」

「ウォンウォン！」

脳がそれを理解した瞬間、ダニーは逃げ出す。

グレイウルフは川を渡ってダニーとニキアスの二人を追ってくる。

「おっせぇぞ！　もっと速く走れ！」

「む、無理っス～」

「あー！　荷物を寄越せ！」

ダニーはニキアスの荷物をひったくる。

これで少しは速く走れるだろ。

「あ、ありがとうっス！　兄貴！」

「口じゃなくて足を動かせ！」

「ウォンウォン！」

ダニーたちは必死で逃げる。

全力で走っているがグレイウルフはどんどん近づいてくる。

（くそ！　いつものやつより速い！）

ダニーはグレイウルフの出た村で何度か火事場泥棒をしたことがある。

そのときはダニーの足でなんとか逃げ切れていたが、こいつはあのときの奴より速い。

魔の森に近いほど魔物が強いってのは本当だったのか！

「クソ！　追いつかれる！」

「あ！」

ダニーが悪態をついた直後、ニキアスが足を滑らせて転ぶ。

河原の石で滑ったようだ。

逃げ道がわかりやすいようにと川沿いに出たことが災いした。

「お前何やってんだ！」

「すみません兄貴」

ニキアスを無理やり立たせて走り出そうとするが、遅かった。

「ウォーン！」

飛びかかってくるグレイウルフの姿がダニーの目に映る。

（あぁ。クッソ。こんな仕事受けるんじゃなかった）

グチャ！

「へ？」

次の瞬間、グレイウルフは何かによって地面に叩《たた》きつけられた。

「一体何が？」

地面に叩きつけられたグレイウルフは魔石に変わる。

「うーん。遺跡で見つけたこれ。剣かと思ったけど違うな。棍棒《こんぼう》でもなさそうだし。魔力は吸うから魔道具だと思うんだけど」

ダニーはグレイウルフの魔石のすぐ隣に人が立っていることに気がつく。

男、みたいだ。

年齢もダニーより下だろう。

「えーっと。大丈夫ですか?」

何かの棒を持った少年が話しかけてくる。

「ひ、ひー!!」

「あ、兄貴ー!　待ってほしいっス!」

あいつはヤバい!

グレイウルフを一撃で倒すなんて化け物だ!

そんなことができるのは武闘派の貴族か頭のいかれた魔術師だけだ。

そんな奴に関わってられるか!

そうじゃなくてもこの依頼は絶対にやばい!

王都に帰って文句を言ってやる!

ダニーたちは一目散にその場から逃げ出した。

◇◇◇

「……報告は以上です」

「そうかい。下がっていいよ。わざわざ王都まで来てもらってご苦労だったね」

「はっ！」

兵士四人が下がっていく。

あの四人はレインの代わりとして開拓村に派遣していた者たちだ。

村の様子を報告してもらうために王都まで来てもらった。

「村に魔道具がたくさんあるようですね。やはり、レイン様は相当な腕前の錬金術師だったということですか」

「そうだね」

執事長はレインを刺激しないため、兵士たちに住民とはあまり接触しないように言いつけていたらしい。

残念ながら、大した情報は得られなかった。

執事長の判断は妥当だが、やや残念ではある。

もう少し情報が欲しかった。

だが、わかったこともある。

どうやら、村の生活のいろいろなところで魔道具が使われているらしい。

実物は見ていないが井戸は古くなっていて使われた形跡がなかったそうだ。

アリアたちは普段、水を生み出す魔道具などを使って水を得ているのだろう。

その程度であれば王都の下町でも見かけるので、レインが持っていても不思議はない。

他にも、魔道具で賄っていそうな部分が報告から窺《うかが》い取れた。

「レイン様が持ち込んだもの……。ということは考えられないでしょうか」

「……多分違うね。木の鍬の魔道具を使っていたそうじゃないか」

一番の情報は魔道具の鍬の存在だ。

兵士たちは偶然、開墾作業を目撃した。

開墾は魔道具の鍬でやっていたらしい。

その鍬は一日に何本も壊れていたとの報告を受けている。

しかも、壊れた鍬はまるで死んだ魔物のように消えたそうだ。

そのような消え方をするのは高位の魔道具くらいのものだ。

「毎日何本も魔道具の鍬を使い潰していたんだ。自分で作ってるって考えるのが妥当だろ？　錬成鍋をジーゲに注文していたらしいしね」

「そうですね」

錬成鍋の使い道なんて魔道具を作ることくらいしかない。

まさか道楽貴族のようにインテリアにするわけではないだろう。

「それに、あのレイン。私が思っていた以上に戦闘もできるようだしね」

「そういえば、地下のスライム二匹から逃げ延びたのでしたか」

ミーリアから受け取った映像はアリアがレインと出会ったところで終わっていたから、どうやって逃げ切ったかはわからない。

おそらく、レインと合流したことでアリアの気が抜けてしまって記録が停止したのだろう。

だが、レインが来る前に二匹のスライムが現れたところまでは写っていた。

あの映像が嘘《うそ》でなければレインたちはあの二匹のスライムから逃げ切ったのだろう。

それに、あの硬い下水道の天井を打ち破ったのだ。

それだけで相当な戦闘力だ。

あの下水道は古代魔術師文明時代の産物だ。

ただの人間にそんなことができるわけない。

おそらく魔道具を使ったのだと思う。

だが、その魔道具が使い捨てなのか、繰り返し利用できるものなのかもわからない。

たとえ使い捨ての魔道具だったとしても、レインなら作れるかもしれない。

力がないと見るのは無謀だろう。

(あの場所はおそらくスラム街のどこかだったんだろうけど、後で調べたが場所はわからなかったんだよね。場所がわかれば壊れ方なんかからどうやって壊したかわかったかもしれないのに、残念だよ)

聞けば教えてくれたかもしれないが、あのときはすぐに見つかると思っていたから聞かなかった。

今更聞くのも変だろう。

何かわかるかもと思って呼んだ兵士もレインが村に着いてすぐに帰ってきてしまっていた。

何日かいれば、レインの戦闘を見られたかもしれないけど、すぐに帰ってくるようにとの指示だったので仕方ない。

唯一わかったのは、付与魔術でただのナマクラをかなり切れる様にできるというくらい。

結局、レインの手の内はわからずじまいだ。

（……すぐに敵対するわけではないし、今はこれでいいか）

レインはアリアのことをかなり気に入っているらしい。

アリアを養女にして守ったアリシアも良い印象を残せただろう。

今はそれで我慢するしかない。

「それで、開拓村を調査しようって奴は来てるのかい？」

「はい。少なくとも五組ほど。確実なのは一組ですが」

「ん？　なんかあったのかい？」

含みのある言い方にアリシアが質問すると、執事長は苦笑いをする。

「堂々と正面から開拓村に行きたいと言っている怪しい奴がいたそうです。身なりなどの報告を受けましたが、ほぼ間違いなく間者かと」

「……そうかい」

馬鹿な間者もいたもんだ。

この執事長が思わず苦笑してしまうほどの馬鹿さ加減だ。

おそらくおとりだろう。

もともと開拓村へのルートが閉鎖されていることを何者かが調べていることはわかっていた。

調査依頼をしたのは、たぶんフレミア家だ。

ほかの家が動いたのであれば早すぎる。

「いかがしましょうか」

「どうすることもできないよ」

おそらく、王都の犯罪組織辺りに調べさせているんだろう。

組織をつぶすのはそう難しくないが、つぶしたところで別の組織に頼むなんてことはわかりきっている。

今は守勢に回るしかない。

「……いや、手はあるか。第二王子派が何か暗躍してるって話が回ってきていたね」

「はい。詳しい情報はつかめていませんが」

「やられっぱなしもしゃくだ。こちらはその情報を調べさせよう。フレミア家の周りを重点的に、ね」

「……なるほど。承知しました」

攻めているときは守りが薄くなるものだ。

こちらもある程度の情報は取られるかもしれないが、向こうがこちらの情報を得るのに躍起になっているうちにこちらも相手の情報を手に入れてやろう。

（完全に防ぐことはまずできないんだ。こっちが相手が手に入れた情報以上の情報を手に入れれば勝ちだろ）

アリシアは人をやって第二王子派から情報を得るために動き出した。

◇◇◇

「よっし。これで終わり！」

俺は畑を囲う壁を作り終わった。

壁といってもただ土を盛り上げただけの簡単なものだ。

冬になれば壊すのだし、こんなものでいいだろう。

これだけでもグレイウルフは入ってこない。

手で押しても壊れないし、強度もこれで十分だろう。

「お疲れ様、レイン。キーリの担当分はさっき終わったってミーリアが報告に来てくれたから、これで終わりよ。キーリは魔力切れでヘトヘトらしいけど」

俺が壁を叩いて強度を確認していると、そばにいたアリアが話しかけてくる。

キーリの担当分が終わったということは、畑は完全に壁で覆えたということになる。

さっきミーリアが来ていたのは、キーリの担当分が終わった報告だったのか。

（いや。本当に二週間で終わるとはな）

二週間はあっという間に過ぎた。

俺が思っていたより魔物が溢《あふ》れていたみたいで魔物退治は結構大変だったのだ。

何が大変って魔物を探すのがかなりの手間だった。

おそらく去年より前に溢れた魔物なのだと思うが、数頭の群れになっているグレイウルフもいた。

そういう場合は散り散りに逃げたりするので、魔物を探さないといけなかったのだ。

いるかいないかわからない奴は放置してもいいかもしれないが、いるとわかっているのに放置するのはあまりよくないだろう。

それ以外にも、逃げるグレイウルフを追いかけたせいで一日では戻れない所まで倒しに行くこともあった。

あのときはアリアたちに心配をかけてしまった。

帰ってきたら相当心配だったらしく、泣きながら説教をされた。

本当に悪いことをしたと思っている。

失敗の最大の原因は遺跡で見つけた謎の魔道具を使おうとしたことだ。

魔道具で倒そうとしたせいで接近する必要があったので、魔物を逃がしてしまったのだ。

『風刃』を使えば一発で終わるのだからそうしておくべきだった。

あると使っちゃうんだよな。

説明書があるわけでもないから使ってみるまで効果もわからないし。

（魔道具が不発で、いろいろ試しているうちに魔物に気づかれて逃げられたりもしたっけ）

事前にちゃんと使い方を調べておくべきだったな。

それに、何度か人がいた痕跡を見つけたので、その対応をしていたのも探索に時間がかかった理由の一つだ。

だいたいは焚火《たきび》なんかの痕跡しか残っていなかったけど。

一組だけ魔物に襲われていたから魔物を倒して助けたんだが、俺のことを見て一目散に逃げられてしまった。

(今世の顔はイケメンで別に怖くないと思っていたんだが)

後でミーリアに聞いた話だと、商人か冒険者だろうとのことだ。

魔の森の近くは遺跡なんかが見つかることがあるので、一攫千金《いっかくせんきん》目当てで来る場合があるそうだ。

冒険者はともかく、商人には村まで来てもらったほうがいいかと思ったが、ジーゲさんを辺境伯が専属で雇って月に一度くらいのペースで村に送ってくれるらしいので、他の商人は必要ないそうだ。

冒険者も、魔の森から溢れた魔物を狩る仕事なのだが、この国の冒険者のレベルではこの開拓村の辺りにいる魔物の相手にはならないそうだ。

じゃあ、なんで来るんだよっと思ったが、魔物も多いし、取れる魔石の品質もいいので、それ狙いで定期的にそういう奴が発生するんだとか。

去年も何人か来たが、数日で魔物に歯が立たなくて諦めて帰るか、そのままいなくなってしまったらしい。

そういう奴らは村の者に高圧的に当たったりするから、むしろ追い返してくれてありがとう、とミーリアに言われてしまった。

たしかに、今はアリアの件もあるし、外の人間は村に呼ばないほうがいいかもしれないな。

(しかし、キーリもなかなか魔力の扱いがうまくなったな)

そうこうしているうちに、かなりの期間が過ぎ、俺がやるはずだった壁作りが滞ってしまった。

そこで、畑の耕し作業がさっさと終わってしまったのもあって、キーリに一部をやってもらったのだ。

キーリもやってみたいと言っていたしな。

俺が今日までにできそうな部分を俺の担当として、他の部分をキーリの担当とした。

ほとんどのエリアを俺がやったとはいえ、俺の担当分が終わった後は、キーリの担当分も手伝う必要があると思っていた。

修行を始めた直後が一番伸びやすいとはいえ、みんなの成長速度はすごいと思う。

「じゃあ、あとは種まきをすれば終わりだな。明後日くらいから探索再開できるか？」

「それもリノがもう終わらせてるわ。水やりはスイが魔術でやっちゃってるから、明日には探索を再開できるわよ。あと、明後日は休日よ」

「あぁ。そうか。じゃあ、明日から探索再開だな。明日は休むと、明後日は休日だから明々後日からなって言ったらリノが拗《す》ねそうだ」

「……確かにリノが拗ねそうね」

リノは探索を楽しみにしていた。

王都に行く前に遺跡を見つけたところだったし、気持ちはよくわかる。

この辺は魔力の効果が強いので水さえやっておけば勝手に畑の作物は育つ。

何を育てているかは知らないけど、放っておいても多分大丈夫だろう。

壁も作ったしな。

何を育てるかは去年の実績も踏まえてアリアとミーリアが決めていた。

俺はこの国のことをよく知らないので、口出しできないし、しなかった。

「とりあえず、今晩にでも今後の予定の話し合いをするか」

「そうね。それがいいと思うわ」

もうすぐ夕飯時だ。

夕食を食べた後にでも明日からの予定を話すことにしよう。

俺とアリアは家路についた。

＊＊＊

「明日から探索再開？」

「その予定だ」

「やったー！」

「探索、楽しみ」

夕食を終えて探索再開の話をすると、案の定、リノは大喜びだった。

スイも、早く探索したくてうずうずしている様子だ。

二人とも黙々と農作業をしてくれていた。

言われる前に種まきや水やりをやってくれたらしいし。

だが、やっぱり農作業より探索のほうが好きなようだ。

俺も力になれない農作業よりもちゃんと役に立てる探索のほうが好きだ。

「キーリは明日からで大丈夫か？　今日魔力を使い切ってたみたいだけど」

「大丈夫よ。というか、せっかく魔力を使い切って今日中に終わらせたのに、明日探索に行けなかったら、なんのために頑張ったかわからなくなるわ」

どうやら、探索を楽しみにしていたのはリノとスイだけではなかったらしい。

キーリもかなり探索に乗り気なようだ。

今日は魔力を使い切ってへとへとだったという話を聞いていた。

だから、明日は休みにしたいのではと思ったのだが、そういうわけではないらしい。

なら、心おきなく明日は探索に移れるだろう。

「みんなやる気満々だな」

アリアとミーリアも口にこそ出していないが、いつもより機嫌がいいように見える。

二人も探索を楽しみにしているようだ。

「まあ、そうなるでしょ。去年より明らかに強くなってるんだから」

「そうですね。魔術は少しできるつもりでしたが、鍛えるとここまで体が動くようになるとは思っていませんでした」

二人とも二週間前は魔力を鍛えたことによる効果をそこまで実感していないようだった。

この二週間の農作業で自分が強くなったことを実感したのだろう。

五人は去年も農作業をやっていたからな。

そこで去年畑を耕したときと、今年畑を耕した時とを比べて相当楽になったと感じたのだろう。

当然か。

去年の五人の魔力が2か3で、今が30以上だ。

魔力が十倍以上になっている。

パワーもスピードも十倍くらいにはなっているのだ。

手でしていた作業を重機でしているくらいの違いは感じている筈《はず》だ。

俺は物ごころつく前から魔の森で鍛錬していたからその気持ちはよくわからないが、相当な変化を感じたことだろう。

ここから先はそこまで劇的な変化は得られないと思う。

魔力量も一エリア進むごとに15ずつくらいしか増えない。

それでも、今年だけでも今の倍くらいの魔力量にはなる。

（この様子なら、これから先も鍛錬を続けて良いかもな）

俺は、自衛のために五人を鍛え始めた。

だから、最初は冬を過ぎて十分強くなれば、修行はやめるつもりだった。

だけど、みんながやる気ならこのまま続けてもいいだろう。

だれかに物を教えるっていうのもなかなか楽しいものだしな。

それに、スイの魔導書の件もあるから、この魔の森をもう少し深くまで探索する必要があるかもしれないし。

「じゃあ、明日からは今までより深いところに行ってみようか」

俺はみんなの様子を見て、もう少し深いところでブラックウルフと接触してもいいと思ったので、次の段階に進む提案をした。

しかし、五人は今まで明日のことを話し合っていたのに、話をやめて一斉に俺のほうを向く。

その顔には期待より恐れの色が濃いように思えた。

「……まだブラックウルフには勝てないと思うけど、ブラックウルフに見つかるまで探索をして、見つかったら全員で逃げるという感じでいこう」

俺がそう言うと、五人は俺のほうを見たまま一言もしゃべらなくなった。

みんなやる気だから大丈夫かと思ったが、少し勇み足が過ぎたか？

「……大丈夫、かな？　あのブラックウルフが出るんだよね？」

キーリが不安そうに聞いてくる。

アリアとミーリアも不安そうにしている。

特に、キーリとミーリアの顔色が悪いように思える。

(そういえば、前にこの村に攻めてきたのはブラックウルフだった)

ブラックウルフには四人とも死ぬ直前まで追い詰められたのだ。

苦手意識をもっても当然か。

少し焦りすぎたかな？

「無理にとは言わない。でも、格上との戦闘は多くこなしておいたほうがいいと思う」

できれば俺が一瞬で倒せる魔物のうちに、アリアたちには格上との接触をできるだけ多く積ませておきたい。

もしものときの対応っていうのは、実際に体験しないと身につかないものだからな。

「それに、リノの索敵範囲のほうがブラックウルフの索敵範囲より広そうだから、ブラックウルフだ。


には出会わないかもしれないし」

「！　俺がブラックウルフに見つからないように敵を見つければいいんだな！」

「見つかっても、逃げるだけ。今までと、変わらない」

リノが元気よく答えて、スイも肯定するようなことを言う。

二人とも常にイケイケだから、俺たちが話を終えるまで黙っていただけで、やる気満々なようだ。

リノなんかは格上の敵と聞いて目をキラキラさせている。

なんか、少年漫画の主人公みたいだな。

斥候役のリノがやる気満々なのは助かる。

リノがしり込みするようであれば、奥への探索は見送るほかなかった。

一番最初に魔物に出会うのはリノだ。

それどころか、リノしか魔物に出会わないというのも十分に考えられる。

リノがその気になれば、ブラックウルフに見つかる前に敵を見つけて、逃げることだってできるんじゃないかと思っている。

「そ、そうよね。今までと同じよね」

アリアもリノには負けられないと思ったのか、やる気になったようだ。

カラ元気だろうとは思うが、やる気になってくれたのはうれしい。

これで明日からの探索もおそらく大丈夫だろう。

最悪、俺がブラックウルフを倒しながら帰るってこともできるんだし。

「無理そうなら俺がブラックウルフを倒すから、とりあえず、明日一度やってみないか？」

「……レインがそう言うなら」

キーリも恐る恐るではあるが了承してくれた。

ミーリアもうなずいてくれる。

（明日はいつも以上に二人に気を使って探索したほうがいいかもしれないな）

二人には悪いが、ここでブラックウルフに慣れておけばブラックウルフを倒して遺跡に行ける日も近くなるはずだ。

俺の呪いはともかく、スイの魔導書は早くなんとかしてやりたい。

俺は明日からの予定を頭の中で詰め始めた。

＊＊＊

「思ったより普通ね」

「そりゃそうだろ。魔力濃度が高くなったわけでもないんだから」

俺たちは魔の森に来ている。

前に見つけたセーフエリアを経由して少し深いエリアまで来ている。

魔力濃度が変わったわけでもなく、出てくる魔物が変わったわけでもないので、奥に来ていると言われなければ気づかないだろう。

変わったのはエンカウント率なのだから。

俺は索敵範囲が広いから、その中に入っている魔物の数が全然違うので、ここが前より危険なことはわかる。

この場所であれば俺の魔力から逃げきれずに、リノの索敵に引っかかる間抜けなブラックウルフもいるだろう。

「アリア。ここはこの前までのエリアより魔力が濃いわ。明らかに収穫できる素材が火属性のものになってる」

キーリは違いがわかるらしい。

どうやら、辺りにある素材から違いを感じ取っているみたいだ。

素材の違いもよくわかっていない俺としては、もはや脱帽だ。

「素材ねー。そんなに違うの？」

そう言ってアリアは近くにあった石を拾い上げる。

俺から見てもなんの変哲もない石だ。

アリアはしげしげと眺めるがピンと来ないらしく、首をかしげている。

アリアには素材の違いはわからないらしい。

よかった、仲間がいた。

口には出さないけど、俺は仲間がいたことに内心ほっとしていた。

「アリア！　ちょっと待って！」

「え？　何？」

「その石！」

「石？」

アリアが手に持った石をその辺に放り投げようとすると、キーリからストップがかかる。

アリアの拾った石ころがどうかしたのだろうか？

キーリはアリアから石を受け取ると、その石を手持ちのピッケルっぽいもので二つに割る。

そして、何かの薬品をかけてその石を燃やすと、二つの石は元の形に戻った。

「うそ？　元に戻った」

「やっぱり！　これ、不死鳥石だわ！　滅多に手に入らないって本に書いてあったのに！　こんなところで見つけられるなんて！」

キーリは嬉《うれ》しそうに飛び跳ねる。

行動がリノっぽくなっているときは、相当喜んでいるときだ。

「不死鳥石って何？　高く売れるの？」

「なんでも、壊しても火の中に入れたら同じ形に戻るらしいわ」

あぁ。

そういえばそういうのもあったな。

形状記憶合金みたいだなと思った記憶がある。

不死鳥石は砕いても火の中に入れれば元の形に戻るらしいので上位互換みたいなものか。

「アリア！　これもらってもいい⁉」

「いいわよ。キーリが気づかなかったら捨ててたし」

「ありがとう」

キーリは不死鳥石を大切そうにポケットにしまう。

「よかったな。キーリ」

「うん。今の私の技術じゃ加工できないけど、いつかちゃんと加工できるようになって、アリアにも指輪か何か作ってあげるわ！」

「……ありがとう」

その性質的に、武器とかに使うものだと思うんだが、キーリはテンションが上がってそういうことには気がついていないようだ。

壊れないのであれば、護身用の魔術を付与した指輪とかでもいいかもしれないが。

（お？）

どうやら、そろそろ採集だけじゃなくて、探索のほうにも動きがありそうだ。

索敵魔術が一匹のブラックウルフを捕らえる。

位置的に、このまま行けばリノの索敵に引っかかる位置だ。

うまくやらなければブラックウルフの索敵にもリノが引っかかるだろう。

リノ次第では午前の探索はこれで終わりかな。

リノの反応がブラックウルフに近づいていく。

（よし。リノがブラックウルフを見つけたな）

そして、リノの索敵範囲にブラックウルフが入り、リノの動きが止まる。

ブラックウルフはまだリノに気づいていないようで、先ほどからゆっくりと移動を続けている。

リノはこちらに向かってゆっくりと移動してくる。

ブラックウルフの発見をこちらに知らせるつもりなんだろう。

（よし。このまま一旦合流して、ブラックウルフのいないほうに移動すればまだ探索は続きそうだな）

今、キーリが乗っている。

こういうときは採集を続けたほうがいい素材が取れる。

と本に書いてあった。

（俺は適当に魔力量の多いものを回収してたから調子の良し悪しなんてわからないんだよなー。……って、あれ？）

ブラックウルフが立ち止まったかと思うと、リノも立ち止まる。

立ち止まったままリノが動く様子がない。

すぐにブラックウルフもリノに気づいたらしく、リノのいるほうに向かって動き出す。

「やばっ！」

「ちょ、レイン！　どうかしたの⁉」

俺の様子にアリアが不安そうな顔をする。

「リノの様子がおかしい。セーフエリアまで撤退する準備をしておいてくれ」

「リノが⁉」

キーリが大きな声を出す。

リノはキーリの妹だから不安になるのもわかる。

「……わかったわ。スイ。キーリを手伝って。ミーリアは退路の確認をお願い」

「わかった」「わかりました」

アリアは状況を見て指示を出す。

リノに迫っている個体以外のブラックウルフは近くにいないみたいだし、アリアに任せておけば、ここは大丈夫だろう。

俺はリノのいるほうに向かって駆け出した。

◇◇◇

「ブラックウルフ。早く出ないかな～」

リノは誰にともなくそう呟《つぶや》く。

無意識のうちに声が出ていた。

気を抜いちゃダメだ。

ブラックウルフは一人では倒せない。

不意打ちをされたら命にだって関わる。

(レイン兄ちゃんが見守ってくれてるような感じがするので、大丈夫だとは思うけど、気を抜いていたら後で怒られちゃう)

リノはレインに言われて、いつものように索敵をしていた。

ブラックウルフが出てくるエリアになってもリノのやることは変わらない。

ブラックウルフを探して、見つけたらみんなのところに戻る。

ブラックウルフっていっても、色が黒いだけでグレイウルフと大して変わらない。

らしい！

レイン兄ちゃんはそう言っていた。

グレイウルフはもうそれほど怖くない。

ちゃっちゃとブラックウルフも倒せるようになって、遺跡を探索できるようになりたい。

遺跡に行けばレイン兄ちゃんの呪いを解けるかもしれないのだ。

そうすればレイン兄ちゃんが死ぬこともない。

もう兄ちゃんを失うのは嫌だ。

「ん？」

そのとき、リノはなんとなく嫌な感じを覚えた。

この感覚には覚えがある。

「なんかいる気がする……」

肌がざわざわする感覚。

これはグレイウルフがいたときにも感じたものだ。

まだ索敵魔術には引っかかっていない。

だが、前にこの感じがあったときも索敵魔術には引っかかっていないのに近くにグレイウルフがいた。

リノは移動速度を落として辺りに目を凝らす。

「いた！」

木々の間から黒い毛並みの生き物が見える。

索敵魔術の範囲より少しだけ外だ。

確証はないけど、おそらくブラックウルフだろう。

もし違っても、レイン兄ちゃんに知らせたほうがいいと思う。

どうやら、まだ向こうはこちらに気づいていないらしい。

この距離なら向こうもこちらに気づかないようだ。

これはちょっとした収穫だ。

向こうに気づかれずにこちらが向こうを見つけられるのであれば危険度はグッと下がる。

後でレイン兄ちゃんにも伝えておこう。

（こうしちゃいられない。早くレイン兄ちゃんたちのところに戻ろう）

まだ向こうが気づいていないとはいえ、いつ気づかれるかはわからない。

できるだけ早くレイン兄ちゃんのところに戻ったほうがいいだろう。

それに、今戻ればアリアたちがブラックウルフに出会うことはない。

アリアたちはまだブラックウルフが怖いみたいだった。

遭わないに越したことはないだろう。

（ただ色が黒いだけのグレイウルフなのにな）

リノはブラックウルフから目をそらさず、ゆっくりとレインたちのいるほうへと移動を始める。

――パキ
（しまった！）

リノは少しだけ油断していた。

今までやってきたことが、前にリノを殺そうとした相手にも通用して、気分が高揚していたというのもあるかもしれない。

だから、少しだけミスをしてしまった。

不注意でその辺に落ちていた枝を踏んでしまう。

その音を聞いたのか、ブラックウルフがリノのほうを向く。

(やばい。気づかれた)

気づかれてしまっては仕方ない。

全力でレイン兄ちゃんたちのところに戻らないといけない。

気づかれてなければ移動するだけで良かったかもしれないが、気づかれたのならみんなで逃げるしかない。

「あれ?」

一瞬、ブラックウルフの真っ赤な瞳が光ったような気がした。

すると、逃げようとしたのに、リノの体が動かない。

ブラックウルフは動かないリノを見てニヤリと笑った気がした。

おそらくこのブラックウルフが何かをしたのだ。

そのとき、やっと犯した失敗の大きさに気がついた。

ブラックウルフはただ黒いだけのグレイウルフではなかった。

炎の魔法を使う相手だとはわかっていたのに油断してしまった。

気づいたときにはもう遅い。

ブラックウルフはリノが逃げられないことがわかっているのか、ゆっくりと近づいてくる。

「に、逃げないと！」

口に出してみるが、状況は変わらない。

頭では逃げないといけないとわかっているのに体が動いてくれない。

ブラックウルフはその真っ赤な瞳でリノのことをにらみ続けている。

リノはなんとかその真っ赤な瞳から逃れようとするが、どうしても目を離すことができない。

とうとう、ブラックウルフはリノの目の前まで来てしまった。

この距離ではもう逃げることは叶《かな》わない。

それどころか、いつ飛びかかられるかわからない。

（ここで、死ぬの？）

体は動かないのに、心臓はバクバク煩《うるさ》い。

はぁはぁと何度も息をしているのに、息苦しさがなくならない。

こんな終わり方あんまりだ！

「！」

その直後、ブラックウルフが何かに気づいたように首を上げる。

リノの後ろに視線を向けているようだ。

一瞬何が起こったのかわからなかったが、答えはすぐにわかった。

「『風刃』」

背後からレインの声が聞こえる。

その直後、風の刃がブラックウルフを引き裂いた。

ブラックウルフは魔石を残して消える。

そして、リノは温かい腕に抱きしめられる。

「リノ。大丈夫か？」

「……レイン兄ちゃん」

リノはレインの顔を見て膝の力が抜ける。

その場に崩れ落ちたリノをレインは優しく受け止めた。

◇◇◇

「体が動かなくなった？」

「うん。ブラックウルフと目が合うと、体が動かなくなったんだ」

リノを回収した俺たちは、いったんセーフエリアまで戻ってきた。

相当怖かったらしく、俺がたどり着いたときには汗をだらだらと流していてそのまま探索を続行できそうな状態じゃなかったからだ。

しばらくすると、かなり落ち着いたらしく、いつものリノに戻った。

思ったよりケロッとしていて拍子抜けしてしまったくらいだ。

そこでリノの話を聞くと、リノはブラックウルフを発見した後、体が動かなくなってしまったらしい。

「もしかして、魔物の魔法じゃないでしょうか？」

「魔物の魔法？」

「近くの国に出る蛇の魔物は、相手の動きを止める魔法を使うと聞いたことがあります。ブラックウルフもそのようなものを持っているんじゃないでしょうか？」

「なるほど」

人間は魔術を使える。

魔術はかなり体系化されていて、どんな人間でも使えるように作られている。

当然、人間用のものなので動物や魔物は使うことができない。

しかし、魔物は魔術ができる前からあった魔法を使うことがある。

ブラックウルフはそれを使ったのかもしれない。

実際、炎属性を持っていそうだから炎の魔法には警戒していた。

リノたちには言っていなかったが、リノたちの防具にはシレッと炎防御の付与をしたりしている。

だが、ブラックウルフはどうやらそれ以外の魔法も使えるらしい。

かなり厄介だ。

「魔術の『威圧』みたいな魔法だとすると、『恐慌』状態になってたのかもな」

魔術の中にも『威圧』とかの相手の動きを封じるものがある。

相手の魔力の流れを乱して、相手を身動きできなくする魔術だ。

その症状がパニック状態に近いものになることから『恐慌』状態と呼ばれている。

そう言われると、さっきのリノの症状はまさにそれだ。

魔術に存在するということは魔法に存在してもおかしくない。

もともと魔術は魔法から生まれたものなのだから。

だが、俺はそういう魔法を持った魔物とは会ったことがなかった。

対魔貴族の所有している魔道具にも、そういった状態異常を防ぐ魔道具はなかったから、そんな魔物はいないと思っていた。

いや、こういった相手を弱体化する魔術は、相手が自分と同等以下じゃないと効かない。

おそらく魔法も一緒だろう。

対魔貴族は一人で戦うことが多かったので、いつも対峙《たいじ》する魔物は格下になるようにしていた。

だから、出会っていたけど気づいてなかっただけかもしれないな。

「しかし、そうなると、探索が難しくなるな」

リノの動きが止められたということは、同等の強さであるアリアたちも動けなくなる可能性が高い。

そうなればパーティとしての戦闘ができなくなる。

パーティで戦うことを前提にブラックウルフと戦う算段だったので、現時点ではブラックウルフとの戦闘は早すぎたのかもしれないな。

（一旦、探索をやめて魔力量の増加する修行をするか？）

対魔貴族が一人で修行をしていたときはソロだったため、魔物と対峙できるくらいになるまで新しいエリアに入ってじっとしていることを推奨していた。

だが、そうすると探索が全然できなくなってしまう。

（もしくは俺が索敵をするか）

……ブラックウルフと出会わないあたりで俺が索敵をするのが一番安全かな。

（そうすると、リノの索敵能力の修行ができないんだけど）

どうも実践しながら魔力を上げるとステータスに出ないような部分が上がっているような気がするのだ。

斥候としての能力だけなら俺よりもリノのほうが上な気がする。

魔術で強化してしまえばまだまだ負けないが、魔術で強化できないような部分ではリノのほうが既に上だ。

元々の才能もあったとは思う。

俺が代わってしまえばその部分が伸びなくなってしまうかもしれない。

でも、俺が索敵をすれば修行をしながら素材を探すこともできる。

背に腹は代えられない。

今後も探索能力を上昇させる機会はあるだろうしな。

「ごめん。俺の判断ミスだ。索敵は俺が代わる」

「え!?　俺は大丈夫だぞ！　見つかる前に逃げればいいんだ！　今回だって向こうより先に気づいたんだ！」

たしかに、ブラックウルフがリノを認識しなければ魔法は発動しないのだろう。

今回も、ブラックウルフを見つけてリノが逃げだす動きを見せた後に、ブラックウルフに見つかって動けなくなっていた。

ブラックウルフに見つかる前に俺たちのところに戻ってきてくれたなら、問題はないように思える。

だが。

「……失敗した場合のリスクが高い。やめといたほうがいいだろう」

ブラックウルフに見つかって逃げられなかったらリノが死ぬこともあり得る。

常に俺が助けに入れるかはわからないのだ。

万に一つでも死ぬ可能性があるのであれば、そのリスクは冒せない。

「……わかった」

リノはうつむいてそう答える。

その声音には悔しさがにじんでいるように感じだ。

リノは自分のせいでみんなに迷惑をかけたと思っているのだろう。

「別にリノのせいじゃないよ」

俺は優しくリノの頭を撫でる。

今の俺には慰めてあげることしかできない。

「……ねぇ。レイン。その魔法、防ぐようなアイテム作れないかな？」

俺がリノと話をしていると、キーリが突然そんなことを言い出した。

「魔法を防ぐ。それも『恐慌』とかを防ぐ魔導具は本に書いてあった気がするの」

「まあ、あるとは思うけど……」

魔力を使った状態異常には魔力を使う魔道具で対処することができる。

というか、魔道具は魔力を吸って防御したり攻撃したりするものだから物理的な攻撃とかより魔力を使った攻撃に対処するもののほうが多い。

たしかに、ただ怖がっているだけなら魔道具で対処することは難しいが、魔法で状態異常にされているのなら、魔道具で対処できるかもしれない。

根本的に、ブラックウルフが使っているのは『恐慌』状態を引き起こす魔法ではないかもしれないけれど、そのときは魔道具を作り直せばいいだろう。

「……魔道具より薬とかのほうが作りやすいんじゃないか？」

「薬より魔道具のほうが安全でしょ？　リノが使うことになるんだから、安全なもののほうがいいわ」

「……そうか」

薬は危険性がある。

古代魔術師文明時代の本にはそう書かれていた。

書き方的に前世で言う、「遺伝子組み換え食品は体に悪い」的な感じだから事実のほどはわからない。

「次第に体を蝕《むしば》んでいって～」みたいな。

魔道具にデメリットがないかどうかもわかってないし。

キーリたちもだいぶ古代魔術師文明にかぶれてきたな。

今の時代ですぐに効果の出ない毒なんて毒のうちに入ってないからな。

五十年後に死ぬ毒なんてそんなの毒がなくても死ぬわって感じだ。

俺としてはあっちの価値観のほうがしっくりくるし、話が合う人が増えるのは嬉しいんだが。

この時代の考え方も理解はできるんだけど、少し奥歯に何か挟まった感じを受けるんだよな。

それはさておき、キーリは薬より魔道具を作りたいらしい。

どちらを使ってもそこまで大きな違いがないのであれば、キーリの希望を通してもいいだろう。

問題は難易度くらいか。

「魔道具は作るのが難しいんじゃないか？」

「やってみるわ！　リノのためだもん！」

キーリはかなりやる気だ。

……当然か。

キーリにとって、リノは本当の家族だ。

俺たちはみんなが家族みたいなものだけど、やっぱり血を分けた姉妹というのは特別なんだろう。

リノもキーリの言葉を聞いて少し嬉しそうにしている。

アリアとミーリアのほうを見ると、二人も不満はなさそうだ。

スイも不満はなさそうだし、その方向でいいだろう。

「じゃあ、いったん帰って魔道具の作り方を確認するか。この辺で取れる素材も使うことになるだろうけど、一旦帰ろう」

俺たちは帰路についた。

＊＊＊

「『恐慌』状態を防ぐのに使えそうな素材がいっぱいあるわ」

「そうなのか？」

帰りながら、キーリは道中の素材を回収している。

おそらく、リノの魔道具に使うためのものだろう。

魔の森の特徴として、魔物がいる場所でその魔物に対抗する素材が取れることが多い。

なぜかという答えは、俺の知っている限り古代魔術師文明時代も出てはいなかった。

普通に動植物が進化して魔物に対抗する特性を得たというのが俺にはしっくりくる。

魔の森は魔力に満ちてるから、そこにいる動植物の進化も速いだろう。

魔女教なんかの懐古的な宗教では、魔の森は神が人間に試練として与えたものだからというのが主流らしい。

神は乗り越えられない試練を人に与えないんだそうだ。

正直、どっちでもいい。

事実として、そういう素材がその場所で取れるんだから、その理由なんて考えるだけ無駄だ。

古代魔術師文明時代の宗教が残ってないのもそういう理由かもしれないな。

今の時代は当時より生きづらい。

生きるのに直結しないそういう考えは廃れたのかも。

残っているのは現世利益を掲げる一派閥だけだ。

なんという宗教だったっけ？

俺はそんなくだらないことを考えながらアリアたちと村に戻った。

＊＊＊

「あったわ。これね」

「なになに？　護心の指輪？」

キーリの言っていた魔道具はすぐに見つかった。

どうやら、キーリは相当この本を読み込んでいるらしく、索引なんかを見ることもなくペラペラとページをめくってその記述を見つけてしまった。

ほとんど作れないのに、熱心だな。

俺なんて魔道具系の本は最初の数ページだけ読んで中身は全然読んでない。

「なになに？　『失敗。それは誰にでもあり得ること。そして一度失敗したことは何度も失敗しちゃう。その原因は〈緊張〉。「いつも緊張で頭が真っ白になっちゃうの」っていうあがり症な君にオススメなのがこの『護心の指輪』。魔術の力で緊張を抑えてくれるの！　これであなたの恋も叶っちゃうかも⁉』？」

なんだこの説明？

もう少しまともな本もあったはずなんだけど……。

これ、本当に大丈夫なのか？

「ね？　これで『恐慌』状態を抑えられるんじゃないかな？　この辺に効能とかも書いてあるの」

「どれどれ？」

キーリの指差すところを見る。

確かに、効能の欄に「精神系の状態異常、『恐慌』を抑えることができます」と書いてある。

よく読んでみると、その本は失敗しやすい部分の注意とか、作成途中を写真で説明してあったりと、かなりわかりやすい。

もしかしたら、子供用の錬成の入門書みたいなものなのかもしれないな。

第一印象で決めちゃダメってことか。

「これで問題ないんじゃないかな？　効かなかったとしてもそこまで問題になるわけでもないし、いったん作っちゃえば？」

「じゃあ作るわね。材料は……あ！」

キーリが本を見直して、大きな声を上げる。

「？　どうかした？」

「こ、これ……」

本のキーリが指差す部分を見る。

「『ベースとなる指輪には魔力伝導率の良いミスリルをご利用ください』か」

魔道具作りはいきなり暗礁に乗り上げた。

「ミスリルか」

「そんなの手に入るかな？」

ミスリル。

言わずと知れたファンタジー素材だ。

この世界では魔法銀とも言われて、銀が長年魔力を受けて変質したものだと言われている。

魔術師文明時代の前期以前からあったらしく、魔力の伝導率が高く、魔道具などによく使われている。

特に古代魔術師文明時代の産物にはよく利用されている金属だ。

どうやら、古代魔術師文明時代には人工的にミスリルを作る方法があったらしく、銀と同額くらいだったらしい。

だからいろいろなものに利用されていたそうだ。

それこそ、子供のおもちゃとかにも。

しかし、今の時代だと、かなり高価な素材となる。

指輪を作るのに必要な量のミスリルで家が建つんじゃないだろうか？

「レイン。ミスリルって持ってる？」

「……今は持ってないな」

「そうよね」

何より問題なのは俺がミスリルを持っていないということだ。

正直、ミスリルは前にいた魔の森だと簡単に取ることができた。

魔の森の中に鉱山地帯があったからだ。

何代か前の対魔貴族は、そこで手に入れたミスリルを隣国に売り捌《さば》いて結構な金を作ったらしいということが日記に書かれていた。

俺は特に使い道も思いつかなかったので、一度見に行ったっきりでそれ以来鉱山エリアには行っていない。

錬成ができないからミスリルの使い道なんてなかったのだ。

前にいた魔の森だと、どこに鉱山エリアがあるかわかるから取りに行くことは簡単だった。

しかし、ここではどこにあるかわからない。

探すのも難しいだろう。

魔の森の中で鉱山みたいなエリアはなかなか見つからない。

魔の森は元々が森なだけあって、森とかけ離れた地形のエリアはなかなか出ないのだ。

俺の知っている鉱山も何代も前の対魔貴族が偶然見つけたもので、十代以上続いている対魔貴族の中で見つかったのは一ヵ所だけだ。

百年以上探してやっと一ヵ所ということだ。

今から探し始めても見つけられるのは何年も先になるだろう。

「ミスリル製の指輪を買うことはできないのか？　古代魔術師文明時代ではおもちゃみたいなものまでミスリルでできてたらしいし、かなり見つかってるんじゃないか？」

「そうね。ミーリアに聞いてみるわ」

キーリはミーリアを呼びに出ていく。

ないならば買えばいい。

指輪で家が建つとしても、どうやら、この村の稼ぎはいいらしいから、お願いしたら買ってもらえるかもしれない。

探索に必要なものだしな。

最悪、俺の持っている武器とかを金属に戻して作ればいいだろ。

たしかミスリル製の武器はあったはずだ。

いや、鋳潰《いつぶ》したり指輪型に成形するのがキーリではまだ無理か。

「レイン。呼びましたか？」

「ミーリアを呼んできたわ」

キーリはすぐに戻ってきた。

キーリの後を追う形で工房にミーリアが入ってくる。

ミーリアは普段着に着替えており、エプロンをつけていた。

どうやら、ただ呼んできただけで、呼んだ理由は説明していないらしい。

本があるんだし、それを見せながら説明したほうが早いと考えたのかもしれない。

「いきなり呼んでごめん。ミーリア。何かしていたか？」

「いえ。少し早いですが夕食の下ごしらえをしていただけですので」

ミーリアは今日はもう探索がないと見て早々に夕飯の支度を始めていたらしい。

いや、俺たちが長い時間工房にこもっていただけか。

窓の外を見ると、すでに日が傾き、空は茜色《あかねいろ》に変わっていた。

「そうか。呼んだのは、ちょっと欲しいものがあって、それをジーゲさんに依頼できないかと思って」

「欲しいもの？　なんですか？」

「ミスリルの指輪なの」

キーリは作りたい魔道具の載った本をミーリアに見せる。

ミーリアも古代魔術師文明時代の本は既に読めるので、本に目を通す。

一通り読んだ後、ミーリアは申し訳なさそうな顔になる。

「ミスリルの指輪を手に入れるのはかなり難しいかもしれません」

「どうして？」

「ミスリルの指輪は相当貴重なものなので、値が張ります。それに、そういったものは貴族の宝飾品として取り扱われるので、辺境の開拓村にいる私たちに売ってもらえるか……」

ミーリアが言うにはミスリルの指輪の値段は俺たちの想定の百倍くらいするらしい。

それに、貴重なものというのは持つ人が少ないからこそ貴重なのだ。

貴族としては平民が自分と同じものを持っていれば面白くないだろう。

そういう理由で売ってもらえないかもしれないとのことだった。

「没落貴族の流れものとかがあるかもしれないので、お願いする価値はあるかもしれませんが」

「そっかー」

キーリは残念そうに肩を落とす。

土台となる指輪が手に入らないのであれば魔道具は作ることができない。

熟練の錬金術師とかなら、自分でレシピを作り出すことができるかもしれないが、キーリはその域には達していない。

残念ながら、『護心の指輪』を作るのは諦めるしかないだろう。

他の素材は手に入りそうだったので、なおのこと残念なんだろう。

「薬とかを作るしかないかな」

「他にも『恐慌』状態を防ぐ魔道具がないか探してみてもいいんじゃないか？」

「そうね」

「……」

俺たちは魔道具系の本をパラパラとめくり出す。

やはり、なかなか思ったものは見つからない。

『恐慌』を防げるアイテムであっても、ミスリルの腕輪とかネックレスとかが必要で、今は作ることができないものばかりだ。

俺たちがパラパラと本をめくっている間、ミーリアは頬に手を当てて何かを考えているようだった。

「少し待っていてもらえますか？」

「え？　いいけど」

ミーリアはそう言い残して部屋から出ていった。

＊＊＊

「この指輪。ミスリル製だったはずです。使えませんか？」

「え？　いいの⁉」

しばらくして、部屋に戻ってきたミーリアの手には一つの指輪があった。

その指輪はミスリル特有の虹色の光沢がある。

魔力を込めてみると、銀なんかよりずっと魔力が入りやすい。

おそらくかなり高純度のミスリルだろう。

しかも、メッキとかではなく、中まで全てミスリルなようだ。

「こんなものどうしたんだ？」

「元婚約者からもらったものです」

「……」

ミーリアの元婚約者についてはよく知らない。

その辺は誰も話題にしないからだ。

ミスリルの指輪をプレゼントできるくらいだから相当位の高い人だったのだろう。

「……いいの？」

「いいんです。もう終わったことですから」

俺たちはミーリアのほうを見る。

まだ振っ切れてはいないのだろう。

辛そうな顔をしている。

「アリアも前に進もうとしてます。私だけ立ち止まってるわけにはいけません」

アリアは村に帰ってくるまでの間、できるだけ人といるようにして、恐怖症を治そうとしていた。

それに、どうやら、俺たちの誰かが一緒にいないと不安なようだが、一人でいる時間も作って克服しようとしているらしい。

ミーリアもその様子を見て、思うところがあったのかもしれない。

「そっか」

キーリはミーリアから指輪を受け取る。

指輪を渡すミーリアの手は少し震えていた。

大切な物なんだろう。

その指輪はいまだに輝きを保っており、傷一つ見当たらない。

ミスリルも銀だから手入れをしないとくすんでしまうはずだから、今でも手入れを怠っていないのだろう。

「……あ、夕飯の支度中でした。私は戻りますね」

ミーリアはキーリに指輪を渡すと慌てたように工房から出ていく。

まるで指輪に対する未練を振り切るようだった。

「……ねぇ。レイン。ミスリルって作ることができるのよね」

「たぶん可能だけど、まだ当分先だぞ？」

ミスリルは銀の加工品だ。

錬成鍋を使って作ることは可能ではある。

だが、採算も合わないし、制作するのに恐ろしく魔力がいるので、作る者はほとんどいない。

「作れるようになったら、この指輪はミーリアに返したいなと思って」

「……そっか。それがいいかもな」

ミーリアはああ言っていたけど、別にすべての過去を捨てる必要はないと思う。

今でも大切にしているということは、この指輪はミーリアにとっていい思い出が詰まったものなんだろう。

「あ、そうだ」

キーリは机から別の本を取り出してペラペラとめくる。

「ねぇ。こっちのほうの魔道具にしようと思うんだけど、どうかな？」

そう言ってキーリは一つの魔道具を見せてくる。

その本はさっきの本とは違い、きっちりとした文章で魔道具の説明がされていた。


『完全耐性の指輪』

世の中にはいろいろな危険が潜んでいます。

毒や麻痺《まひ》などの状態異常は病院で簡単に治すことができますが、それでも治すまでには心身に大きな苦痛があります。

そういったものからご家族を守るために、『完全耐性の指輪』を作ってみてはいかがでしょうか？

市販のミスリル製の指輪をベースに簡単に作ることができます。

【必要能力】
　知力：15

「へー。完全耐性か」

「これなら、ミーリアに返した後も使うことができるわよね」

たしかに、毒なんかは結構一般生活でも出会ったりする。

毒耐性の魔道具をつけておくと食中毒なども防げるらしく、旅なんかでは必須のものなのだそうだ。

『恐慌』も防げるはずだし、あんまり出会わない『恐慌』だけを防ぐ指輪よりはずっと使い勝手がいいだろう。

「たしかにこれなら今後も使えそうだな。だけど、知力が15ってキーリはそんなに高かったっけ？」

キーリは知力を重点的に育てているはずだ。

それでも、総魔力量が30くらいだから、多分10くらいだと思ったんだけど。

「私の知力は今11よ。でも、知力上昇の薬とかを飲めばなんとか15に届くわ」

「おいおい……」

基礎能力上昇系のポーションは無茶苦茶苦い上にしばらくの間そのステータスが伸びにくくなる。

状態異常を防ぐポーションよりやばいものだ。

「もともとリノにポーションを飲ませないように魔道具を作るって言ってたんじゃなかったっけ？」

「私は大丈夫よ。少しの間ステータスが伸びにくくなるだけだもの」

俺は大きくため息を吐いた。

これは言っても聞かないやつだな。

「俺が支援魔術で知力を上げるからそれで勘弁してくれ」

「え？　いいの？」

俺の支援魔術はかなりの能力向上が見込める。

知力15どころか、50以上にもできるだろう。

だが、ステータスが一気に上がるというのは麻薬のような快感を与えるらしい。

古代魔術師文明時代には、支援魔術中毒者もいて、一定以上の強化魔術は禁止されていたそうだから相当やばいのだろう。

そういう理由もあって、俺はあまりキーリたちには支援魔術をかけてこなかった。

魔術の操作範囲では俺の支援魔術をキーリたちのレベルに合わせられなかったからだ。

「今回だけな」

「やった！」

まあ、短い時間なら大丈夫だろう。

支援魔術なら、薬のようなデメリットもないしな。

俺は嬉しそうにするキーリを眺めていた。

＊＊＊

「はぁ……。はぁ……。レイン。お願い。もう一回……」

「も、もうやめたほうがいい。キーリが壊れちゃうよ」

「大丈……夫、だから。ね？　もう、レインの……が、入って、くるのにも、もう、慣れたから。お願い」

「しょうがないな。次が最後だぞ？」

バタン！

扉が音を立てて開かれる。

俺たちが扉のほうを見ると、真っ赤な顔をしたアリアが立っていた。

「ちょっと！　二人とも！　何してるのよ！」

アリアは大きな声でそう言う。

そして、錬成鍋の前で座っている俺たちを見て狐《きつね》につままれたような顔になった。

「アリア？」

「はぁ。はぁ。……どうか……したの？」

「……あれ？　二人とも何してたの？」

「何って、魔道具作成だけど？」

俺たちはリノのための魔道具を作っていた。

だが、あんまりうまくいってなかった。

やはり、強すぎる支援魔術はよくないらしい。

「はぁ。はぁ。やっぱりだめ。少し休ませて」

「だから言っただろ。今日はこの辺にしておこうぜ」

能力的には十分に足りているはずだが、キーリが支援魔術に酔ってしまい、うまく錬成ができないでいた。

今も準備段階でふらふらになっている。

「そっか。私はてっきり……」

「？　てっきりなんだ？」

俺が質問をするとアリアは顔を真っ赤にする。

怒ってるのか？

別に怒るような要素はなかったと思うんだが。

「何でもないわ。二人とも、晩御飯できてるから早く来てね」

アリアはそう言って乱暴に扉を開けて出ていってしまう。

最後、何を言おうとしていたんだろうか？

まあ、今はアリアよりキーリだ。

魔術は切ったけど、キーリはまだ本調子ではない。

俺が脇に置いてあったコップに水を注いで渡すと、キーリはそれを一気に飲み干す。

「ふー。ちょっと落ち着いたわ」

「大丈夫か？」

「えぇ。もう大丈夫」

俺がアリアと話しているうちに、キーリはだいぶ落ち着いたらしい。

さっきより呼吸も落ち着いている。

やはり、俺の支援魔術はキーリの体に負担をかけるものらしい。

効果を限界まで下げてはいるのだが、やはり無理かもしれないな。

「どうする？　辛いようならやめるか？　無理してまで『完全耐性』を付ける必要もないだろ」

『完全耐性』でなくても、探索でリノに使ってもらう分には問題ない。

『恐慌』状態を防ぐ指輪で十分なのだ。

ミーリアに返すにしても、問題はない。

ミーリアが普段『恐慌』状態になることはないかもしれないが、付けていてもデメリットはない。

今も特に効果が付いているわけではないので、価値が下がったわけではないしな。

「いえ、無理じゃないわ。ミーリアには少しでもいいものを持っていてほしいもの。それに、もう少しで『完全耐性』が付けられそうなの」

「……そうか」

もう少しでできそうだというのはおそらく嘘じゃない。

だんだん俺の支援魔術に体が慣れてきて、もう少しで成功しそうだなと横で見ていてもわかるくらいのところには来られている。

だが、支援魔術に慣れてきた分だけ、俺の魔力を大量に体に取りこんでいる気がするのだ。

正直、他人の魔力が体にどんな風に作用するのかはわからない。

しかし、キーリが辛そうにしているのを見た感じ、あまりいいほうに作用しない気がするのだ。

支援魔術中毒になるという話も聞くしな。

「……じゃあ、明日も手伝うけど、一つだけ条件がある」

「条件？」

「そう。明日ダメだったらあきらめること」

「え？」

魔力量の大きくかけ離れた者に支援魔術をかけるのは本当に危険なのだ。

その危険性は期間が長くなればなるほど増していく。

俺は初めて他人に支援魔術をかけるから、ここまで辛いことだとは思っていなかった。

ここまで辛そうなら最初から提案しなければよかったと何度も思ってしまった。

それに、探索は明後日に続きをすることになる。

それまでにリノの『恐慌』状態を防ぐ魔道具は必要だ。

「それが約束できないなら、俺はもう手伝えない」

「……わかったわ」

どうやら、キーリは納得はしていないが、俺の条件は飲んでくれるようだ。

まあ、俺が支援魔術をかけないと始まらないから当然か。

俺はほっと胸を撫で下ろす。

キーリもこだわりに執着することがあるからな。

まあ、そういう性格だからこそ錬成でいいものができているというのもあるんだと思うけど。

「ちょっと～。夕飯冷めちゃうから早く来てー」

アリアが俺たちを呼ぶ声が聞こえてくる。

さっき呼びに来てからすでに結構時間がたってしまっている。

これ以上待たせるのは悪いだろう。

「アリアも呼んでるし、食堂のほうに行こうぜ」

「そうね」

俺たちは作業を切り上げて、食堂のほうへと向かった。

＊＊＊

「もう芽が出てる。何度見てもすごいな」

翌日、俺たちは予定通り休暇を取っていた。

朝起きて、俺はやることもなかったのでスイに付き合って畑に来ている。

スイが水やりをしている隣で畑を見ると、ところどころで芽が出ていた。

一昨日できあがった畑にはすでに野菜ができ始めていたのだ。

この光景は対魔貴族をしていたときにも見たことがあった。

成長が早い植物だと、前世で見た教育番組の早送り動画みたいに成長するのだ。

この場所は前に俺がいたところほど魔力濃度が濃くないのであそこに比べればゆっくりだが、それでもありえないくらいの成長速度だ。

「やっぱり、土地の魔力が多いほど成長速度が速いのかな～」

「それだけじゃ、ない、と思う。去年は、ここまでじゃ、なかった」

「そうなのか？」

俺のつぶやきにスイが返事をくれる。

どうやら、スイは俺とは違う意見を持っているらしい。

「去年は、一週間くらいして、やっと芽が出てた。それでも、男の人たちは、早いって、驚いてた」

「へー。なんでだ？」

土地の魔力だけが原因であれば、去年と今年は同じスピードで成長するはずだ。

違いが出ているということは、土地の魔力以外にも影響するものがあるんだろう。

だけど、それを特定するのは難しい。

去年と今年ではいろいろな部分が変わったからな。

アリアたちの魔力量が多くなったのもそうだし、鍬もキーリが作った木の鍬になってる。

昨日も今日も水やりはスイが魔術でやっているから、それの影響かもしれない。

「うーん。今の情報だけだとわからないな」

「……調べて、みる？」

スイは水やりをしながら俺のほうを見上げてくる。

その瞳は心なしかいつもよりキラキラしているように見える。

この様子だと、一人でもやってみるだろう。

スイは理由を調べたりするのが結構好きだ。

読んでいる本も魔術の仕組みとかを解説しているものが多い。

前世にいたらきっと理系女子だっただろう。

「一部で、普通の、水を撒《ま》けば、水やりのおかげかは、わかる」

「……そうだな。今から調べられるのはそれくらいか」

どうやら、すでにスイはどうやって調べるかも考え始めていたらしい。

今から変えられるのは水やりだろう。

スイが作った水と井戸で汲《く》んだ水とで比較することになると思う。

アリアたちに魔術で水を作ってもらって、それと比べてみるというのもありかもしれない。

俺が作った水を撒くと呪いのせいで植物が枯れちゃうかもしれないから、さすがにそれはできないだろうし。

(耕すのはもう全面やっちゃったからな)

農業エリアは壁で囲っており、その中はすでに全部耕し終わっている。

まさかすでに耕したところを耕しなおすわけにはいかないだろう。

木の鍬は全部使いきっちゃってるし。

そこの影響を見るのであれば来年になるかな。

「どの辺を、誰が耕したか、覚えてる。だから、耕した人の、違いも、調べられる」

「そうか。そういえば、五人ともそれぞれステータスが違うしな」

アリアたちは総魔力量には大した違いはない。

だけど、全員が方向性を決めて魔力を成長させているから属性ごとの魔力量は全然違う。

どの属性の魔力が農業に役立つのかみたいなのも調べられるかもしれないな。

「まあ、許可が得られればだけどな」

今は書類上はこの畑は全部俺のものになっているけど、畑に関しての決定権を持っているのはミーリアとアリアだ。

当然、二人の許可が得られなければ調査をすることはできない。

みんなの手も借りることになる。

思い立ったからやってみていいっていうものではないだろう。

やりたい理由も、気になるからってだけだしな。

「レインが、やりたいって、言えば。たぶん大丈夫」

スイは自信満々に言う。

その根拠はいったいどこから来るのか。

俺はきらきらした瞳で見上げてくるスイの頭を撫でた。

「聞くだけ聞いてみるよ」

聞くだけならタダだ。

スイがやる気になっているんだし、少し頑張ってお願いしてみてもいいだろう。

この後、朝食でアリアとミーリアと顔を合わせることになる。

最近は休日も朝食と夕食はみんな一緒に取ってるからな。

昨日何も言っていなかったし、たぶんいるだろ。

俺は水やりを終えたスイと一緒に家へと戻った。

＊＊＊
「別にいいんじゃない？」

「そうですね。問題ないと思います」

「良いのか？」

俺とスイは朝食のときにミーリアとアリアにさっき言っていた実験をしてもいいかと尋ねると、あっけなく許可が出た。

思ったより簡単に許可が出たので少し肩透かしを食らった気分だ。

それだけ信用されていると思って喜ぶべきか。

「去年より収穫が遅くなることはないんですよね？」

「それはないな」

今から撒く水を変えるといっても、水は去年も農作業に使っていた水だ。

去年以下になることはないだろう。

それに、今年は木の鍬のおかげで去年より一ヵ月近く早く動き出している。

ここから去年より遅くなるっていうほうが難しい。

可能性はゼロではないが、流石にやばくなれば実験は中止する。

「なら、問題ありません。去年と同じくらいの収穫時期の予定で辺境伯様には報告していますから」

「むしろ、収穫が早すぎるのをなんとかしないといけないかもしれないわ。麦なんかは保存が効くけど、保存の利かないものも多いから」

「そうですね。途中でジーゲさんに売却しないといけないかもしれません」

この村では何を育てるかも事前に連絡しているらしい。

この村はこの国唯一の開拓村で、今後こんな感じの開拓村を増やす予定だからいろいろな作物を育てるように依頼されているそうだ。

その中には葉野菜のように日持ちがしない作物も結構ある。

そういったものは納税の前にジーゲさんに売って、金銭で納税する必要も出てくるだろう。

魔の森の近くでは何がどれだけ育つかわからない以上、いろいろなものを育てるのは間違っていないとは思う。

「来年は保存性も含めて何を作るか考えておく必要がありそうですね」

「そうね」

アリアとミーリアは真剣に検討を始める。

作物の名前とかは全然覚えていないので俺では話に入っていけない。

俺が困った顔をして二人の様子を見ていると、スイが俺の服を引っ張る。

「何から、調べる？」

「そうだな、許可も得たしそれをちゃんと決めておこうか」

俺とスイは実験の話を始めた。

「何から、試して、みる？」

「そうだなー」

ちゃんと考えておかないと後で結果を見ても訳がわからなくなる。

「調べるのは小麦でやるってことでいいか？　一つの作物に絞ったほうが調べやすいだろ」

「それが、良いと、思う」

この国もパンが主食だ。

だから、穀物といえば小麦になる。

当然、小麦も村で育てている。

だが、この小麦、春に蒔《ま》いた種が夏前に収穫できてしまう。

普通は春まき小麦は夏に収穫するものだが、そんな常識はこの世界では通用しないのだ。

しかも、春、夏、秋と三回収穫することができてしまう。

二期作どころか三期作だ。

その上、土地が痩せることがないっていうんだから驚異的だ。

そんなことができるのは魔力量が多い魔の森の近くだけだ。

危険な魔の森の近くに国ができるのもわかる気がする。

だが、普段は一年かけて育てる作物だけあって、他の作物よりやはり成長は遅い。

遅いほうが経過観察をしやすいし、小麦が今回の実験には持ってこいだろう。

「今から一番調べやすいのは属性魔力と農業の関係だよな」

「（コクリ）」

今回はみんなで畑を耕した。

どこまで木の鍬がもつかわからなかったので、村から近い部分から区画を切って一区画ずつ耕していっていたらしい。

作物を植えるときもその区画ごとに植えていったらしいので、同じ区画には同じ作物が植えてあるそうだ。

おかげで農地は正方形をたくさん敷き詰めたような形に広がっている。

そんな理由もあって同じ作物が植えてある一区画内に五人が耕したエリアが混在している。

一区画ごとに水を変えて撒けば良いだろう。

「そういえば、鍬を使った感じはどうだったんだ？」

木の鍬は一振りすると、振るった人間が立っている位置を中心に一定のエリアが耕される。

実にファンタジーだ。

ファンタジーと言うより、ゲームっぽいと言うべきか。

俺の知ってる物理法則と違うことが起こるときには絶対に魔力が関与している。

それに農業は多くの部分が魔術の儀式として成立しているらしい。

であれば、土地の魔力と鍬を振るった人間の魔力、両方を使う可能性が高い。

人間の魔力を使うのであれば、鍬を使った結果も人によって違うはずだ。

俺は魔の森から出てきた魔物を狩りに行っていたので見ていないから、スイに聞くしかない。

「うん。違ってた」

「へー。どんな感じ？」

スイは少し視線を泳がせる。

おそらく、そのときのことを思い出しているんだろう。

「キーリが一番広かった。一番狭いのはアリアだった」

「なるほど」

キーリは俺たちの中で一番土の魔力が多い。

その次がリノで、スイ、ミーリア、アリアという順番だ。

キーリとリノは元々どちらも土属性が得意だった。

けど、リノは斥候職として素早く動くために風属性の魔力も伸ばしていたので、その辺で差が出ている。

おそらく、土属性の魔力と関係があるんだろう。

「大地を耕すんだから、土属性の魔力量と比例するっていうのは十分に考えられるな」

「うん。でも、少し、変なことも、あった」

「ん？　なんだ？」

スイはテーブルに視線を落とす。

何か少し言いづらいことらしい。

俺はスイの頭を撫でる。

「何があっても俺はスイの味方だから、教えてくれないか？」

しばらく黙った後、スイは話し出す。

「……リノより、私のほうが、耕せる面積、広かった」

「……なるほど」

そこまで言ってスイは再び黙ってしまう。

土属性の魔力だけが理由であれば、リノのほうがスイより耕せる面積は広いはずだ。

でもそうはならなかったということは、他にも理由があるんだろう。

普段から魔術を使い慣れているからっていうのもあり得る。

魔術の使用量はスイが一番多い。

でも、それではスイが言いづらそうにしている理由がわからない。

「私は……」

スイは何かを言おうとして、再び口をつぐむ。

何か心当たりがあるんだろうか？

「……魔導書のせいかもと思ってる」

「……そっか」

スイは以前に魔導書に選ばれた。

今は封印しているが、つながりが完全に切れているわけではないのだろう。

どうしてもスイは魔術や魔法的な部分で他の四人より上を行っている。

スイが言いにくそうにしていたのは、たぶん俺に心配させたくなかったからだろう。

魔導書は危険なものだ。

それは俺の魔導書が証明している。

スイに魔導書の影響は予想以上に出ているようだし、今の封印では少し不足なのかもしれない。

……リノにはああ言ったけど、探索を急ぐか。

「その辺も調べればわかるかもしれないな。とりあえずそれも考慮に入れてみよう」

「(コクリ)」

俺はできるだけ明るくそう言う。

スイが頷《うなず》いたので、俺たちは気を取り直してこの先の実験のことを話し始めた。

「じゃあ、耕した人間の魔力については何区画かを同じ条件でしっかり育てるだけでだいたいわかるだろう。あとは与える水かな」

「みんなにも、水撒き、してもらう?」

「うーん。そうだなー」

スイは『水生成』や『水操作』などを使って水撒きをしてくれている。

みんなにも『水生成』をしてもらえば比較はできるだろう。

全員水属性の魔力はゼロではないから、『水生成』の魔術自体は使うことができる。

「最初からそこまでする必要あるかな?」

「どういう、こと?」

こてんとスイは首をかしげる。

「これから収穫までの間もみんなの魔力量は変わっていく。正確に調べることはどうせできないんだ。だったら、最初はざっくりと魔力で作った水とそうでない水で分けて育てるくらいで良いんじゃないかな？」

最初からいろいろやりすぎると何がどれだけ影響したかがわからなくなる。

前世なら、パソコンとかを使って解析できたかもしれないが、今は人力で調べるしかないのだ。

いろいろなデータを取ったところで何もわからずじまいで終わってしまう気がする。

耕すほうはすでにそうなっているので、後でその影響もあるかもしれないと思ってみれば良いけど、水までいろいろと分けてしまうとこんがらがりそうだ。

水を分けるのは水で影響が出てからでも遅くないだろう。

「どうせこれからも農業は続けていくんだ。最適の組み合わせを見つけるのはまた今度でも遅くない」

「……それも、そう」

スイはコクリとうなずく。

こうして、俺たちの魔力実験は始まった。

＊＊＊

「ねえ、レイン。錬成はいつやる？」

「え？　明日にしないか？」

スイと話をしていると、キーリが話しかけてくる。

どうやら、キーリは今日も錬成をするつもりのようだ。

俺は今日は休日だから明日やるつもりだと思っていた。

いやあ、昨日、明日って言ったのは俺だけどさ。

「明日だとみんなに迷惑かけるでしょ？　レインに支援魔術をかけてもらった後は動けなくなるんだから」

「……まあ、そうだけどさ。ならなおさら明日やるべきじゃないか？」

たしかに、俺の支援魔術を受けて錬成をした後のキーリはいつも限界って感じだ。

あの後に探索をしたりするのは無理だろう。

だからって休日に錬成をするのもどうかと思う。

もともと休日は休みを取るっていう目的で作ったものだ。

そこで仕事をするのはいかがなものか。

……そういえば、俺もスイと実験の話とかしてたか。

いや、実験は趣味みたいなものか？

うーん。

仕事とプライベートの切り分けって難しいな。

「そうかもしれないけど、今回のは私のわがままみたいなものだから、みんなには迷惑をかけたくないの」

「確かにそうかもしれないけど……」

『恐慌』だけを防ぐ魔道具であれば昨日のうちにできていただろう。

昨日はほとんどの時間が俺の支援魔術に慣れるために使われていたし。

確かに、『完全耐性』の魔道具を作るのはキーリのわがままと言ってしまえばそれまでだ。

だが、リノとミーリアのためにやってることだから、わがままと言うのも違うだろ。

「……キーリ。無理はしないでくださいね」

「心配しないで、ミーリア。それに、今回の件でいろいろと掴《つか》めたこともあるの」

「……そう、ですか」

アリアと話していたミーリアが心配そうに話しかけてくる。

あっちは話の途中だったようで、アリアもキーリのことを心配そうに見ている。

キーリは指輪の錬成で作るものを『完全耐性』にした理由は、新しいことに挑戦したくなったからだとみんなに説明していた。

だが、ミーリアにはどうしてキーリがそんなことをしようとしだしたかバレてしまったらしい。

ミーリアは「私のためですか？」なんて聞いてくるタイプではないので直接言われてはいないが、まず間違いないだろう。

「いいなー。キーリねぇばっかりレインに鍛えてもらって」

「いや、俺は何もしてないぞ？　錬成は完全にキーリのほうが上手いからな」

リノが不満の声をあげる。

そういえば、最近はリノの魔術とかは見ていない。

必要な魔術はもう教えたし、魔術を使わない探索に関してはもうリノのほうが上だ。

だから、ずっと一緒に作業をしているキーリをうらやましく思ったのかもしれない。

だが、俺はもうキーリのことを見ているしかできない。

錬成の準備も手伝えないし。

できることは支援魔術をかけることだけだ。

「でも、支援魔術はかけてるんだろ？　俺もレイン兄ちゃんの支援魔術を受けてみたいぞ！」

「私も、受けて、みたい」

「……うーん」

キーリの様子を見ると、みんなに今の状況で支援魔術をかけると何もできなくなりそうなのだ。

キーリもかなり朦朧《もうろう》とする意識の中で錬成をしている。

最初数回は錬成を始めることすらできなかった。

今でも、錬成鍋の前から一歩も動けていない。

素材を手の届く位置に置いてなんとか錬成できているのだ。

戦闘なんてできるわけがない。

魔術だってちゃんと使えるか微妙だ。

「……もう少し強くなってからな」

「むー。わかった」

「頑張る」

正直、どこまで魔力量が近づけば俺が支援魔術をかけても大丈夫かはわからない。

(俺も出力を絞る練習をしておいたほうがいいかもしれない)

今までは魔力の出力を絞る練習なんてしたことなかったからな。

俺は不満そうにするリノとスイの頭を撫でる。

「そのかわり、今日はキーリの手伝いが終わったら二人と一緒に遊ぶから」

「「本当⁉」」

「本当だ」

リノたちはもう十分に強い。

でも、村の外に出るときはだれかがついていくことになっている。

俺が来る前からそうだったらしい。

村の外にはどんな危険があるかわからないからな。

魔物以外にも川でおぼれたりとか、高いところから落ちたりとかも考えられる。

だから、だれも都合がつかなければ村の中で過ごすことになる。

畑のおかげで村が広がったとはいえ、リノたちにとっては狭く感じられるだろう。

最近はみんないろいろと予定があって村の外には行けていないはずだし。

今日もキーリはたぶんこのあとはぐったりしてるだろうし、アリアとミーリアはたぶん話し合いで忙しいだろう。

思う存分遊べば少しは気が晴れるだろう。

「俺はまた湖で釣りがしたいな」

「私、行ってみたいところが、ある」

二人は口々にやりたいことを挙げる。

やっぱり二人とも村の外でやりたいことがいっぱいあるらしい。

なんにせよ、二人が楽しそうで何よりだ。

俺が行ったことがないところも候補に挙がってる。

出かける前にアリアにどういう場所か聞いておく必要があるかもしれないな。

「どこにでもついて行くから、キーリと一緒に作業をしている間に決めておいてくれ」

「「わかった」」

俺は話し合いを始める二人を置いてキーリと一緒に工房へと向かった。

◇◇◇

「じゃあ、お願い」

「わかった。かけるぞ……」

レインがキーリに支援魔術をかけていく。

「っ！　……」

キーリの体に熱いものが入って来る。

強い力の奔流に、一瞬意識が飛びそうになる。

キーリは唇を噛《か》んで意識を保つ。

「大丈夫か⁉」

「え、えぇ。だ、い……じょ……ぶ」

最初のほうはここで意識が飛んでしまっていた。

強すぎる力に耐えられなかったのだ。

だんだんと耐えられるようになってきて、三度目くらいには何とか意識を保つことができるようになった。

キーリが慣れたというのもあるし、レインが力を制御してくれているというのもあると思う。

回数を重ねるごとに魔力は優しくなってきている気がするから。

レインだって頑張ってくれているのだ。

ここでやめるわけにはいかない。

リノを、ミーリアを守れるくらいの強いものを作らないといけないんだから。

「……お、落ちつい、たわ」

「そうか」

レインは安心したように息を吐く。

最初に入って来る感覚を通り過ぎれば、後は比較的楽だ。

体がふわふわしていて、手足がうまく動かない。

この状態で意識を失うこともあるので、気を抜くことはできない。

それに、だんだんこの状態にも慣れてきたというのは本当だ。

最初は熱いだけだったレインからの魔力の奔流も、今では包み込むような優しさを感じられる。

これはレインが何かしてくれているのかもしれない。

それでも頭がぼーっとしてくる。

お酒を飲むとぼーっとなるという話を聞いたことがあるが、こんな感じなのだろうか。

今の状態だと歩いたりはできないかもしれない。

でも、何度もこなしてきた錬成であれば、こんな状態でもやれる。

キーリもこれまでいくつものアイテムを作ってきたのだ。

木の鍬や知力を上げるブレスレットであれば目を瞑《つぶ》っても作れる。

今回の錬成はそれらに比べて難易度は跳ね上がるが、やることは大きく変わらない。

ちゃんとした錬金術師に比べればまだまだかもしれないけど、今できる精一杯をやるだけだ。

「じゃぁ……。始める、わ」

「あぁ」

レインに支えられて席に座る。

まずは痺《しび》れ草などの七つの薬草を入れる。

入れる前の加工はすでに済ませてある。

「器もらうぞ」

「……あ……り……」

「お礼はいいから。今は錬成に集中しろ」

薬草を入れ終わると、空になった器はレインが受け取ってくれる。

どうやら、レインが錬成鍋に直接触れるとレインの呪いが発動するらしいが、この程度の手伝いであれば問題ないらしい。

いや、今は錬成に集中だ。

キーリは再び錬成鍋に意識を向ける。

錬成鍋の底にはさっき入れた薬草が残っている。

キーリはゆっくりと匙《さじ》で薬草をかき混ぜる。

右回りに、ゆっくり、ゆっくり。

三十回ほどかき混ぜていると、錬成鍋がキーリの魔力を吸い上げ始める。

すると、薬草の内側から液体が溢れ出して来る。

これは『土液』などと同じで、薬草の成分が溢れ出しているらしい。

キーリは少しだけかき混ぜるスピードを上げる。

さっきまでは錬成鍋の底に薬草が少しあるだけだったのに、気づけば錬成鍋の半分くらいまで液体で満たされていた。

次第に、錬成鍋が吸う魔力の量も減ってくる。

薬草が完全に溶けたということだろう。

完全に魔力の吸収が終わる。

(次は石)

錬成鍋の隣に置いておいた石の入った器を手に取る。

石はあらかじめ粒状になるまで砕いてある。

これを錬成鍋の中に入れる。

素材を入れ、再びかき混ぜ始めると錬成鍋はまたキーリの魔力を吸収し始める。

さっきより勢いよく魔力を吸い上げてくる。

『完全耐性の指輪』を作る素材はこれで全てだ。

工程的には少ない。

だが、必要魔力量が多い。

前回もここで魔力の流れが切れてしまって失敗した。

魔力を支援魔術で底上げしているだけなので、実際に錬成鍋が吸い上げるだけの魔力には足りないのだろう。

だから、こちらからも魔力を意図的に入れてやる必要があるのだ。

魔力は多すぎても少なすぎても成功しない。

だから、この工程は細心の注意が必要だ。

今回はこちらからも流し込むように魔力を入れる。

多すぎても失敗してしまうので、錬成鍋が魔力を吸い上げる感覚に集中して、減ってくればこちらからの魔力注入も減らす必要がある。

「……」

レインもキーリも無言で様子を見守る。

次第に魔力の吸収量が減っていく。

キーリは慎重に魔力の供給を減らしていく。

魔力の供給量は減っていき、最後にはゼロになる。

目の前にある錬成鍋には虹色に輝く液体が満たされていた。

「うまく……いった?」

本に書いてある通りの状態になっている。

ここまではうまくいったらしい。

だが、最後の工程が残っている。

この液体に土台となる指輪を入れて、その指輪に成分を定着させる。

そこで失敗すれば、土台となる指輪も元のままではないかもしれない。

キーリは震える手で指輪を手に取る。

指輪を持つ手が震えている気がする。

「キーリなら大丈夫だよ」

隣にいたレインが励ましてくれる。

キーリは思わず笑顔になった。

そのセリフを聞くと、ほんとに大丈夫な気がしてくるから不思議だ。

キーリが指輪を入れると、錬成鍋がカッと輝く。

それと同時にキーリの魔力が勢いよく吸い上げられる。

今までにない量の魔力の流出にキーリの体がふらつくが、レインがすぐに支えてくれる。

(どうか、成功して！)

キーリは自分の中にある魔力を全部、錬成鍋に渡すつもりで魔力を流し込む。

しばらくして、光が収まると、錬成鍋の底に一つの指輪があった。

その指輪はうっすらと輝いており、ちゃんと魔道具になっていることがわかる。

「成功、した……」

「キーリ⁉」

キーリはレインに抱きかかえてもらいながら意識を失った。

◇◇◇

「……」


キーリは人形のように動かない。

怖くなって口元に手を近づける。

どうやら、息はしているようだ。

「気を失っただけか。魔力欠乏かな」

いきなり倒れるからびっくりした。

古代魔術師文明時代に作られた錬成鍋は普通、使用者の魔力の半分以下しか使わない。

それ以上の魔力が必要な場合は、錬成が止まるようにできているらしい。

魔力欠乏になると危険だからだ。

この錬成鍋も半分以上の魔力は吸わないようにできていたはずだ。

今回魔力欠乏になったのは、おそらく支援魔術でキーリの魔力が向上していたからだろう。

そのせいで錬成鍋が魔力量を読み違えたんだと思う。

やっぱり、支援魔術を使った状態での錬成は危険だな。

下手したら生命力も吸われていたかもしれない。

そうなれば俺が錬成鍋を壊してでも止めていたけど。

なんにせよ、支援魔術はもう使わないようにしよう。
「しかし、一発で成功させるとはな」
俺は錬成鍋の中をのぞき込む。
錬成鍋の底には魔道具になったミーリアの指輪が転がっていた。
確証は持てないけど、たぶん『完全耐性の指輪』になっているだろう。
錬成直後は魔道具が不安定なことがあるらしい。
もう手にとっていいかもわからないので、触れることはできない。
だが、感じられる魔力量から、かなり強力な魔道具になっているのは間違いない。
これならブラックウルフの魔法くらいであれば余裕で防げるはずだ。
「お疲れ様。キーリ」
俺はそう言ってキーリの頭を撫でる。
キーリを撫でるのは初めてな気がするが、撫で心地はリノと似ている気がする。
やはり姉妹ということかな。
キーリはリノのように屈託のない笑顔で微笑んだ。

＊＊＊

「あれ？　ここは、工房？」

「あ、気がついたか」

しばらくしてキーリは目を覚ました。

意識がもうろうとしているらしく、しばらく辺りをきょろきょろと見回す。

次第に状況を思い出してきたのか、瞳に光が宿りはじめてきた。

「そうだ。指輪！」

キーリは飛び起きて錬成鍋の中を確認する。

キーリがのぞき込むと、錬成鍋の底には魔道具の指輪があった。

完成直後ほど光ってはいないが、まだ淡く発光している。

「やった！　成功したのね」

「あぁ。おめでとう」

キーリは喜びの声を上げる。

キーリの目から見ても成功したとわかったのだろう。

リノのように跳び上がって喜んでいる。

「あ！　ちょっと待って。ちゃんと確認するわ」

しばらく喜んだあと、キーリはいきなり冷静になって錬成鍋に手をかざす。

ちゃんと目的の魔道具ができたか確認していないことを思い出したようだ。

キーリの錬成鍋には完成したものが何かを解析する能力がついている。

これは魔女教の隠れ家にあったものだし、かなり高性能なものなんだろう。

もしかしたら、古代魔術師文明時代の後期に作られたものなのかもしれない。

俺も解析魔術は知っているけど、キーリたちにはまだ使えない。

解析魔術は一覧を『根源』から持ってきているらしく、恐ろしく魔力を食うのだ。

だから俺もあまり使いたくない。

この錬成鍋に付いている解析魔術は錬成鍋の中に一覧があるらしく、魔力の消費量はかなり少ない。

その分、解析できない魔道具もある。

でも、この錬成鍋で作ったものなので、錬成鍋内の一覧に情報がある可能性は高いと思う。

もし、わからなかったらそのときは俺が解析魔術をかけるつもりだ。

さすがに本番で使って試すわけにはいかない。

「ちゃんとできてるわ。よかった」

キーリは胸を撫で下ろす。

どうやら解析できたようだ。

キーリの様子を見るに、『完全耐性の指輪』になっていたのだろう。

「これで明日から探索を進められるわね」

「いや、キーリが状態異常を治すポーションを作ってからだぞ?」

「え?」

どうやら、キーリはこの魔道具が一つできれば探索が再開できると思っていたらしい。

だが、指輪は一つしかない。

当然、一番危ないリノに装着してもらうのだが、装着者のリノ以外を『恐慌』の状態異常から守ることはできない。

その状態では探索を再開することはできないだろう。

ブラックウルフは誰に『恐慌』の状態異常をかけてくるかわからないのだ。

リノ以外が『恐慌』状態になったときのために、それを治すポーションは必要だろう。

「え？　じゃあ、魔道具は意味なかった？」

「そんなことないぞ？　一人無事なメンバーがいればポーションでほかのメンバーの状態異常を治せるからな」

「そっか」

キーリは少しだけ嬉しそうな顔をする。

自分のやったことがちゃんと役に立つとわかって嬉しかったのだろう。

一人無事ならほかのメンバーが『恐慌』状態になったとしてもポーションで治すことができる。

ポーションは予防の薬と違って体にかけるだけでも効果を発揮するし、キーリも抵抗が少ないのだろう。

飲んだほうが効果は高いんだけどな。

「最低でも百本は作ってからじゃないと」

「え？　また百本⁉」

キーリは驚いた顔をする。

前も木の鍬を百本作らされて悲鳴を上げていたからな。

だけど、足りませんでしたっていうのはまずい。

俺が助けに入ることもできるから命を落とすことはないだろうけど、いつまでも俺のフォローを期待されても困る。

「まあ、頑張れ！　こんな難しい調合もできたんだ。キーリならできるよ」

「……」

難しいものを作るのと、簡単なものをたくさん作るのとでは苦労の質が違う。

だが、みんなの安全のために一人に二十本ずつくらいは持っておいてほしい。

状態異常は自分が上なら抵抗できるけど、相手が同レベル帯だと抵抗するのはかなり難しい。

魔力が増えてくれれば対抗魔術を自分にかけておくことはできるけど、キーリたちではまだ無理だ。

キーリ自身もポーションの必要性は理解しているのだろう。

ガックリと肩を落として力なくうなずいた。

＊＊＊

「じゃあ、今日は『恐慌』状態を治すポーションの材料を探すぞ」

「「「「おー！」」」」

キーリが『完全耐性の指輪』を完成させた二日後。

ポーションの素材を探しに俺たちは魔の森に来ていた。

昨日は『恐慌』状態を治すポーションの作成をしていたので、二日ぶりの探索ということになる。

昨日、百本のポーションを作ろうとしたのだが、素材が足りなくなって作りきれなかったので今日は素材を探しに来たのだ。

「キーリ。探索まで付き合わせて悪いな。キーリはポーションの作成も一人でやってるのに」

「大丈夫よ。私が『採集』の魔術で採集したほうが状態のいい素材が手に入るんだから、私がやったほうがいいでしょ」

口ではそう言っているが、実際一人で大量の錬成をするのはきついのだろう。

昨日はキーリはやけくそな感じでポーションの調合をしていた。

手捌きが見えないくらいの速さになっていたのを見たときは冷や汗が止まらなくなった。

どうやら、採集がリフレッシュになったらしく、今は普通に戻っている。

よかった。

ポーションはキーリ一人で作ってもらっている。

最初、ポーションはリノとスイも含めた三人で分担して作ろうとした。

今、錬成鍋を持っているのがその三人だけだからだ。

『恐慌』状態を治すポーションは作るのは難しくない。

材料も魔の森の中で見つかるありふれたものだし、二人にも作ることができる。

そう思っていた。

だが、実際にポーションを作成してみて、問題が発生した。

二人の作るポーションはなぜかキーリが作るものより効果が低かった。

リノとスイの作ったポーションでは、使ってから『恐慌』状態が切れるまで、少しだけ長く時間がかかってしまうのだ。

戦闘の場合はその時間が命取りになる場合もある。

結局、安全性を考えて、百本全てキーリが作ることになってしまった。

原因はよくわからない。

錬金術の本にも作成者によって結果が変わるということは特に書いていなかった。

だが、リノとスイの加工した素材でキーリが作っても、キーリがすべて一人で作る場合の半分以下の効果しか出なかった。

もしかしたら、リノの素敵能力同様にステータスでは確認できない何かがあるのかもしれない。

「昨日は探索をしなかったから、久しぶりって感じね」

「一昨日より浅い部分だけどな」

アリアも楽しそうに採集をしている。

ポーションの材料は別に森の深い部分じゃなくても手に入る。

結構余分に採集してはいたのだ。

だが、『完全耐性の指輪』を作るためにほとんど消費していたらしい。

百本には届かなかった。

あの指輪を作るのに相当な量の素材を使ってしまった。

何度も失敗したし、一度に使う量もかなり多かった。

実はこの辺でまだ見つけていない素材も結構必要で、前に見つけた魔女教の工房にあった素材を使って作ったのだ。

だから、もう一度同じものを作るのは無理だろう。

土台となるミスリル指輪もないしな。

「ごめんなさい。材料をたくさん使いすぎちゃって」

「キーリが気にすることじゃないよ。百本できるまで探索は中止って決めたのは俺なんだから」

ポーションが百本に届かなかったが、探索に行こうという話はあった。

だが、行かなかったのは最初に決めた百本っていうのに拘《こだわ》った俺の判断だ。

材料はたぶん今日中に集まるだろうし、一日二日延びる程度なら最初のプランを通したほうがいいと思ったのだ。

こういうところで妥協しても意味ない。

実際、話をしながらもかなりの量の素材を採集している。

この分なら午前中のうちにも必要な分の素材は集まると思う。

「あ。すこし待ってください」

「ん？　どうした？」

ミーリアが何かを見つけたようで、近くの木の根元に座る。

今日の夕飯の食材でも見つけたかな？

それにしては動きが妙だ。

ミーリアは、わざわざ手袋をして木の根元から何かを採集している。

食材だったらそのまま手で採集するだろう。

そして、振り返ったミーリアの手には毒々しい感じのキノコが握られていた。

「ねえ、ミーリア。それ、魔狂キノコじゃない？」

「そうですよ」

キーリが顔を青くしてミーリアに聞くと、ミーリアは満面の笑みで返事をする。

魔狂キノコ。

魔力の流れなんかを狂わせるキノコで、毒キノコだ。

このキノコは魔力では抵抗しにくい。

だから、強い魔術師を殺すのに使われたりする毒キノコだったはずだ。

俺でも食べれば二日くらいは苦しむことになる。

古代魔術師文明時代では使用が禁止されていた。

そういえば、最近、そういう話をした気がするな。

魔力を暴走させるような素材はないかと。

「まさか、レインに食べさせるとか？」

「えぇ⁉」

アリアが青い顔をして俺とミーリアを交互に見る。

俺はミーリアに恨まれるようなことをしただろうか？

思い起こしてみても、ミーリアに嫌われるようなことはしていないはずなんだが。

「？　どうしてそんなことしないといけないんですか？　そんなはずありませんよ」

ミーリアは本当にわけがわからないという様子だ。

俺はほっと胸を撫で下ろす。

よかった。

嫌われてはいないようだ。

そうだよな。

俺に使うキノコを俺の前で採集するわけはないか。

「そ、そうよね。じゃあ、それ何に使うの？」

「次の商品に使おうかと」

ミーリアが笑顔でそう言うと、キーリの顔が引きつった。

「護身用に強い光を発する魔道具を作ろうと思うんです」

「強い光を発する魔道具？」

ミーリアはポケットの中から小さな瓶を取り出す。

その瓶の中には黒い粉のようなものが入っていた。

「それは？」

「真黒ゴケです。さっき採集しました」

真黒ゴケは見た目が真っ黒な苔《こけ》で、結構いろいろな所に生えている。

少しおかしな性質を持っていて、この苔は原理はわからないが周囲の光を吸収して溜《た》め込んでいる。

そして、その苔を燃やすと、溜め込んだ光を放出する。

赤い光を溜め込んだ真黒ゴケを燃やすと赤く光り、青い光を溜め込んだ真黒ゴケを燃やすと青く光る。

光を溜め込んだ状態で乾燥させるとかなり長い間光を溜め込めるので、この性質を利用してお祭りのときには、花火みたいにして使われるそうだ。

王都で花火が上がっているのを見たとき、ミーリアに教えてもらった。

ありていに言ってしまえば、光なんてものを溜め込む不思議植物だ。

「この真黒ゴケに大量の光を溜め込ませておいて、これを魔狂キノコの液体と混ぜて発光させて悪漢を追っ払おうと思っています」

「なるほど」

前世であったスタングレネードの音無しバージョンのようなものだろう。

いや、どちらかと言うとケミカルライトのほうが近いか。

「どうして光なの？　炎とかで追っ払えばいいんじゃないの？」

「王都で聞いたんですが、王都で出る変質者は貴族の場合もあって、そういう輩《やから》に怪我をさせると逆に襲われた女性のほうが罰せられることもあるそうです」

「えぇ！　なにそれ！」

前世でもそうだったが、階級社会というのは理不尽なものだ。

有名な「目には目を歯には歯を」という言葉も、実は適用されるのは同じ階級のものだけで、階級が変われば、「目には命を」何てのもあり得たらしい。

（この国は身分間の格差がかなりあるようだから、そういうことがあってもおかしくないのか）

王都みたいに貴族と平民が近くで暮らしている場所以外では気にする必要のないことかもしれないが。

「そこで、使われるのが光の魔道具です。相手の目を一瞬くらませてその隙に逃げるんだそうです。でも、今使われている魔道具は光が弱くて、ほとんどの場合相手がひるまずに、逃げることに失敗するそうです」

「なるほどね。でも、真黒ゴケで相手の目をくらませることなんてできるの？」

真黒ゴケは光を蓄えるがそれにも限度がある。

ふつうは花火などに使われているようだから、そこまでの光は溜め込まないと思うのだが、どうなのだろうか？

「大丈夫です。真黒ゴケは魔力量の高いところで育ったものほど蓄える光の量が多いと、レインから借りた図鑑に書いてありました。魔の森で育ったものであれば、相当な量の光を蓄えられるはずです」

「へー」

ミーリアは最近図鑑を真剣に読んでいたが、そんなことが書かれていたのか。

俺もさっと目を通したはずだが、そんなことが書いてあるのは気がつかなかった。

真黒ゴケの記載があるのさえ気がつかなかった。

興味のない本だと目が滑るんだよな。

「でも、真黒ゴケは燃やしたら光を発散するんでしょ？　魔狂キノコはなんに使うの？」

「魔狂キノコは真黒ゴケの光を蓄える性質を狂わせるんです。こんなふうに」

ミーリアは瓶の中に入った真黒ゴケを魔狂キノコに振りかける。

すると、真黒ゴケはカッと強い光を放った。

「ね？　これなら悪漢を撃退できそうでしょ？　火をつけてもいいのですが、予想外のときに燃えると大変ですからね」

「眩《まぶ》し！」

「……」

たしかに、高魔力濃度下で育った真黒ゴケが必要だから、この道具はこの国ではこの村でしか作れないし、一個一個も結構な値段になりそうだから特産品にはなるかもしれない。

しかし、魔狂キノコはこの国でも毒キノコとして扱われている。

そんなものを王都に持ち込んでも大丈夫なのだろうか？

それに、これだけ眩しければ悪漢のほうに後遺症が残るかもしれない。

そうなれば、貴族を傷つけないという当初の目的が果たせなくなってしまうのだが、大丈夫なのか？

それに、貴族の令嬢は護衛をつけているだろうから、この道具を使うのは平民の女性になるだろう。

暴漢に貴族が交じっているのなら撃退が成功しだすと、何かと理由をつけられて防犯グッズが使えなくされる気がする。

権力者っていうのは理不尽な存在だからな。

……うまくミーリアを説得できる気がしないし、とりあえず完成させてから考えたほうがいいか。

前回の知力上昇のブレスレットのときも結局作ることになったたし。

結果的に大丈夫かもしれないしな。

たまにミーリアは権力者側の思考になることがある。

権力が上の者から理不尽な扱いを受ける者の考えが抜け落ちることがあるのだ。

もしかしたら、彼女の家は結構良い家柄だったのかもしれない。

彼女がこの村に来る前のことは誰も知らないから、正確にはわからないが。

「でも、これなら私の出番は少なそうね」

キーリはそう言ってほっと胸を撫で下ろす。

どうやらミーリアには聞こえなかったらしく、ミーリアは真黒ゴケや魔狂キノコを採集している。

……なんか見た目はやばい魔女みたいだ。

前回一番被害を受けたのはキーリだ。

今回は被害が少なそうだと思って安心しているのだろう。

だけど、それは少し甘いと思うぞ。

すでに暴走の片鱗《へんりん》が見えているし。

「キーリ、多分、複雑な容器が必要だからその辺はキーリが作ることになると思うぞ」

「あ」

俺はキーリのそばに寄って行ってミーリアに聞こえないくらいの小声で耳打ちする。

おそらく、二つの液体を混ぜる形になると思うから、ケミカルライトと同じように外側が柔らかくて、中に割れやすいガラスの管が入った二重構造の容器が必要になると思う。

ケミカルライトは酸化液の中にガラスアンプルに入った蛍光液を入れておき、ライトを「ポキッ」としたときに中のアンプルが割れて二つの液体が混ざり合い、発光する。

二重構造の容器なんて今の時代にはあるのかわからない。

それ以前に、プラスチックのように透明で割れにくい素材は、今の時代たぶん錬金術で作るほかないだろう。

「キーリ」

「アリア～」

アリアがキーリの肩にポンと優しく手を置く。

「その、頑張って」

「……」

アリアもお手上げらしい。

キーリはガックリと肩を落とした。

＊＊＊

「結構集まったな」

「そうね」

数日の探索でかなりの量の素材が集まった。

これだけあれば必要量のポーションを作れそうだ。

なんか、キーリの採集能力は上がった気がするな。

たぶん、冬はここまで採集できてなかったと思う。

これもスイと同じようなステータス外のスキルが付いているからだろうか？

もともとステータスを測る魔道具は、対魔貴族が鍛錬の結果を数値化するためにどこかから持ってきたものだし、あれは魔力を一定の法則で数値化しているだけの道具だ。

だから、あれに出ないからといってスキルが無いとは限らない。

そういうスキルを可視化する方法もちょっと探してみようかな。

魔術にそういうのあるかもしれないし。

「でも、耐性をつける薬品は作りたくないのに、ポーションは作るんだな。どっちも飲むもので、体に悪そうなのに」

耐性をつける薬もポーションも、どちらも明らかに薬という色をしている。

薬とポーションの最大の違いは薬は実体があるが、ポーションは魔力の塊で実体がないことだ。

ポーションは振りかけることでも効果を得られるが、飲んだほうが高い効果が得られる。

ポーションは魔力の塊なので、使った瞬間から魔力に変わっていって体に効果を与える。

だから別に飲まなくても効果は得られるのだが、体外で使うとポーションの効果が外にも発散してしまうので、逃げる場所がない分飲んだほうが効果が高いらしい。

何かの魔導書にそんなことが書いてあった。

だから、みんなにもポーションは飲むように言っている。

その二つに何か違いがあるんだろうか？

「だって。耐性をつける薬の材料は毒ばかりだけど、ポーションの材料は全部食べられるものじゃない？」

「そうなのか？」

俺は材料の中から一つのキノコを取り出す。

紫色で、見た目はいかにも「毒です」という感じのキノコだ。

耳を近づけてみると、キノコの中からピリッ、ピリッと電気が流れるような音が聞こえてくる。

まじか。

これ食えるのか。

「そうよ。その紫電キノコは昨日のスープに入っていたわよ。煮ると茶色になっちゃうんだけど」

「うそだろ？」

俺は思わずキノコを取り落とす。

キノコは机の上に落ちた瞬間、バチバチッと弱い静電気を発散した。

これ、食べたのか？

昨日？

「そうよ。食べられるキノコは煮るとだいたい白色か茶色に変わるわね」

「まじか」

たしかに昨日はキノコスープが出た。

白と茶色の普通のキノコかと思っていたけど、煮れば色が変わるだけなのか。

そういえば、キノコはそれぞれ味や形が少しずつ違っていた。

ちょっと変わった形なだけで全部同じキノコだと思っていたけど、もしかしたらあれは全部別々のキノコだったのか？

煮る前の色とりどりのキノコが入った鍋を少し想像する。

……ちょっと食べられる気がしない。

俺、料理ができなくてよかったかもしれない。

「食べられるものから作るものなんだし、体に害はないでしょ」

「……そうだな」

前世では食べ合わせとかもあったし、一概に大丈夫とは言えない気もする。

化学反応でできる毒とかもあったしな。

酸性系と塩素系の洗剤を混ぜたらいけないとかな。

いや、あれはどっちも食べられないか。

錬成鍋での錬成は普通の調合とは違うし大丈夫か。

こういうとき、前世の知識が中途半端にあると変なことを考えちゃうな。

不安にさせても良いことはないだろうし言わないでおこう。

「じゃあ、調合をやっちゃうわね。ポーション瓶をもらえる？」

「おう」

俺は『収納』の中から大小さまざまな瓶を出していく。

もう数が少なくなってきたので全部出してしまった。

中身は捨ててあるから全部空っぽだ。

「あれ？　もう小サイズのポーション瓶ってないの？」

「あー。そういえば、切らしてたな」

俺はもともと自分用のポーションしか持っていなかった。

非常時に使うためのもので、実際に使ったのは数回だけだ。

中には状態異常耐性とか、回復とかのポーションが入っていた。

だけど、自作でとても飲めたものではなかったので、中身を捨ててキーリに渡していたのだ。

無理やり錬成したものだったから味が犠牲になってしまったのだろう。

というか、ポーションが飲める味のものだと、キーリが作ったポーションを飲んだとき初めて知った。

初めてキーリの作ったポーションを飲んだときはこんなにおいしいものだったのかと感動してしまったくらいだ。

そんなわけで、一人分だったから手持ちのポーション瓶の量はそれほど多くない。

今までは作っていたのが非常用の回復のポーションだけだったから五人ともに行き渡っていたけど、ポーションの種類が増えていくと必然的に瓶が足りなくなってくる。

今回の『恐慌』状態から回復するためのポーションを作ったことで在庫が底を突いたのだろう。

百本を目標に作っているから当たり前か。

「困ったわね。瓶がないと作れないわ」

「そうだな」

ポーション瓶は錬成のために必要なのだ。

ゲームのように錬成したら瓶ごとできたりはしない。

適切なサイズのポーション瓶がないと錬成が失敗してしまう。

なぜか大きいサイズのポーション瓶を使っても失敗する。

かといって、大きいサイズのポーション瓶に合う量のポーションを作ろうとすると、今度はキーリの魔力量が足りなくなる。

ポーションの生成量が増えると、必要な魔力量が一気に増える。

倍の量を一度に作ろうとすると十倍くらいの魔力量が必要になるのだから、本当に不思議だ。

「まあ、次にジーゲさんが来たときに注文するしかないだろ」

「……」

キーリは何かを考え込むように腕を組む。

その視線は錬成鍋と俺の間を行ったり来たりしている。

なんか嫌な予感がするな。

「ねぇ。レイン？」

「どうした？」

「私、自分でポーション瓶を作ってみようかと思うんだけど、どう思う？」

キーリは突然そんなことを言い出した。

「キーリって、もうポーション瓶を作れるようになってたのか？」

「あとちょっとでできると思うの。だから、また支援魔術かけてくれない？」

「……」

キーリが上目遣いにお願いしてくる。

ちょっとだけ可愛いけど俺は騙《だま》されない。

どうやら、それが目的だったらしい。

「ダメだ」

「お願い！　ちょっとだけだから！」

「いや、ちょっとって、俺は最後までやる以外できないんだが」

いやにしつこくお願いしてくる。

本当にちょっと足りないだけなのかもしれない。

総魔力量が1か2足りないだけとか。

それくらいなら、ちょっと修行に付き合ってやってもいいかもしれない。

「……どれだけ足りないんだ？」

「……全部装備をつけた状態で10くらい？」

「全然足りてないな」

今から10も上げようと思うと、ブラックウルフのエリアを抜ける必要がある。

というか、完全装備でも10足りないってことはベースの状態だと倍くらい必要ってことじゃないか？

そんなの却下に決まってる。

「レインに魔力を上げてもらえればいろんなものが作れるようになるの！　ね？　お願い。先っちょだけ。先っちょだけでいいから！」

「先っちょってなんだよ！　っていうか、リノに変なこと教えたのはキーリだったのか⁉」

「……えへ」

どうりで、たまにリノが内容もわかっていないことを言うと思った。

どうせ兄の影響だろうから、姉のキーリが矯正すると思っていたが、原因がキーリなら改善は見込めない。

キーリもリノの姉だけあってこう言うお調子者な面をたまに見せるんだよな。

今度、アリアとミーリアを交えてリノを矯正する方法を考えたほうがいいかもしれない。

そのときはキーリもなんとかしよう。

それにしても、キーリは予想外に食い下がってくる。

まさか中毒になったわけじゃないだろうけど。

「……もしかして、キーリ、楽しようとしてる？」

「……」

中毒にこそなっていないが、楽して能力を上げる方法を見つけてしまったから、味を占めたのかも。

キーリは面倒くさがりとかではないと思っていたけど、やっぱり楽ができるとそっちに流れちゃうものだからな。

こういうこともあるから、支援魔術が古代魔術師文明時代は禁止されていたのかもしれないな。

「ちゃんと修行して魔力量を上げなさい」

「えー」

「ダメだよ。リノがまねしたらどうするんだ？」

セリフのことといい、子供は大人のまねてほしくない部分ばかりまねをする。

今はリノとスイは積極的に鍛えているけど、楽をすることを覚えてしまえば修行の効率は落ちてしまうかもしれない。

「二人とも、なんの話、してるの？」

俺たちが言い合いをしていると、部屋にスイが入ってきた。

おそらく食事の準備ができたとを言いに来たのだろう。

「いや、キーリが前みたいに俺に支援魔術をかけてほしいって言うから、ダメだって言ってたところだ」

「『完全耐性の指輪』より必要魔力量は少ないから大丈夫よ」

「そんなこと言われても、俺が調整できないんだって。それに、ポーション瓶なら買えばいいじゃないか」

「でも、錬成鍋で作ったもののほうが性能がいいんでしょ？」

ポーション瓶は二種類の製法がある。

手作業で作る方法と錬成鍋で作る方法だ。

手作業で作るものは対魔ガラスという魔力を通しにくいガラスを加工して作る。

これはどこかの種族が伝統工芸的に作っているようで、結構な量が出回っている。

使い回しもできるし。

一方、錬成鍋で作る場合は、ほかの魔道具と同じように材料を錬成鍋に入れて作る。

こちらで作ったポーション瓶は使い捨てになってしまうのだが、品質が少し上がったり、効果が長持ちしたりするらしい。

たしかにキーリの言う通り、錬成鍋で作ったポーション瓶のほうが性能がいい。

「でも、今作るレベルのポーションならどっちでも大して変わらないよ。次にジーゲさんが来たときにポーション瓶を買おう？　『土液』が結構な利益を出しているらしいからミーリアもダメとは言わないだろ」

「そうだけど……」

キーリはまだあきらめきれていないらしい。

全部自分で作ったほうが気持ちがいいっていうのはわからなくはない。

それに、少しでも性能を上げたいという考え方は錬金術師として正しいだろう。

だからといって支援魔術をかけるつもりはないけど。

「レイン」

「ん？　どうした？　スイ」

俺がキーリと言い合いをしているとスイが俺の服の裾を引っ張ってきた。

どうやらさっきからずっと俺たちの言い合いを聞いていたらしい。

「私も、レインの支援魔術、受けてみたい」

「……いや、ダメだって」

「キーリだけ、ずるい。私も、大魔術、撃ってみたい」

スイはキラキラした瞳で見上げてくる。

たしかに、俺の支援魔術ありだと撃てる魔法は増える。

だが、それは相当危険だ。

支援魔術で体内の魔力が増えるわけではないのだ。

周りから俺の魔力で覆って誤魔化すだけ。

当然、必要な分の魔力はスイ自身が出す必要があるだろう。

おそらく魔術は機械的にスイから魔力を必要量だけ吸い上げる。

それは命の危険すらあることだ。

錬成という比較的消費魔力の少ないことをしていたキーリでさえ、気絶するほど魔力を持っていかれたのだ。

大魔術なんて撃てばどうなるかわかったものではない。

というか、さっき俺が危惧していた通り、スイがキーリをまねちゃったじゃないか。

「……キーリ」

「ごめんなさい」

俺が恨みがましくキーリを見る。

キーリも自分のせいでスイが危険なことをしようとしていたと気づいたのだろう。

しょんぼりと項垂れる。

しかし、これは本格的に支援魔術を練習しておかないといけない気がする。

スイまで言い出したっていうことは、リノたちが言い出すのも時間の問題だろう。

そうなればいつまで断り続けられるかはわからない。

この村で俺は少数派なのだ。

胃袋もつかまれてるし。

俺は久しぶりに本気で支援魔術の練習をすることを心に決めた。

＊＊＊

「では、次にジーゲさんが来た際に、ポーション瓶を依頼すればいいんですね」

「うん。ミーリア。悪いんだけど、お願いできる？」

「お安い御用ですよ」

キーリは結局ポーション瓶をジーゲさん経由で買うことにした。

スイがキーリのまねをして支援魔術をお願いしてきたことが結構堪えたのだろう。

スイやリノの前ではキーリはお姉さんぶっているからな。

ちょうど夕食ができたところだったので、夕食を食べる前にミーリアにポーション瓶の購入をお願いしてみた。

ジーゲさんとの交渉はミーリアにやってもらっている。

どうやら商売にはいろいろなしきたりみたいなものがあるらしく、それを知らない俺やアリアはいないほうがいいらしい。

アリアなんかは表情で何を考えているか丸わかりだしな。

「お金は足りそうか？」

「はい。金銭的には全く問題ありませんよ」

ミーリアはにっこりと微笑む。

ミーリアがそう言うのであれば大丈夫だろう。

無理をしているようにも見えないし。

前に調味料とかもかなり注文していたみたいだしな。

その辺の贅沢品《ぜいたくひん》は金銭に余裕がないと頼まないだろう。

たとえ金銭的に困窮していたとしても、美味しい料理を作るためのものであれば俺は全力で支援するけどな。

俺の収納の中に入っているものを売ればこの村の数年分の生活費くらいは余裕で出せるだろう。

「この村はずっと黒字です。魔の森の近くの開拓村で赤字を出すほうが難しいと思いますが」

「まあ、そうだろうな」

今日畑を見たらすでに収穫できそうなものもあった。

あのスピードで作物が育つのであれば、それは赤字にするほうが難しいだろう。

「それに、材料は魔の森から取ってきて、キーリが加工して売っているので。レインも、欲しいものがあれば言っていただいて大丈夫ですよ」

「そうか？　……いや。俺はこの村の儲《もう》けに全然関わってないからいいよ」

よく考えると俺はこの村の儲けに関わっていない。

農業もやっていない。

アリアがメインで、最近はスイが水やりなんかで大活躍している。

森で採集もやっていない。

ほかの人のほうがずっとうまくやるから見てるだけだ。

特産品にも関わっていない。

アイデアを考えるのはミーリアだし、デザインはリノ。製作はキーリだけ。

生活面でも、料理なんかは手伝えないので任せっきりだ。

俺が触ると食材が爆発する。

……あれ？

そう考えると俺ってただのヒモじゃね？

「……手伝えなくてごめん」

「何を言っているんですか。村に攻めてきた魔物はレインが倒してますし、私たちの作業もいつも手伝ってくれているじゃないですか」

「そうよ。それに私たちに修行をつけてくれてるのはレインじゃない」

「今の、私たちがあるのは、レインの、おかげ」

「……ありがとう」

三人は口々に俺を上げてくれる。

三人の気持ちはとても嬉しい。

だけど、修行が自分たちだけでもできるようになったら本当に俺はいらない子になりそうだな。

俺がやっていることなんて、来年にはみんなできるようになっている気がする。

魔力量は俺のほうが圧倒的に多いけど、休憩しながらゆっくりやれば五人でも十分にできるようになるだろう。

俺も、総魔力量が１００を超えたあたりからは母さんと別れて一人で修行していた。

それに、リノの索敵能力なんかも考えると、万能型に育った俺より、特化型の彼女たちのほうが得意分野の能力は高くなりそうだし。

昔お世話になった人としてお荷物になるのは少し嫌だ。

本格的にみんなの役に立つ方法を考えておかないといけないかもしれないな。

「そういえば、レインは古代魔術師文明時代の本が欲しいとおっしゃってませんでしたか？」

「え？　あぁ。でも、なくても大丈夫だぞ？　すごく高いだろうし」

ジルおじさんは伝《つて》を使ってかなり安く仕入れていた。

没落貴族の出物とか財政の傾いた商人のインテリアとかだな。

だから、手に入らないときは半年くらい手に入らないこともあった。

普通に買えば金貨数枚では全然足りないだろう。

それに読み飛ばしていた部分も結構あったから、昔読んだ本も今読み返している。

俺が読んだ本の読み飛ばしていた知識をキーリやミーリアが有効活用しているところを見ていると、ちゃんと読まなきゃって気分になってくる。

「……少々高いかもしれませんが、お願いしましょう。私ももっと読んでみたいので」

「私も、もっと、読みたい」

「……二人がそう言うならお願いしようかな」

スイとミーリアは俺に気を使ってくれたんだと思う。

俺の持っている本で彼女たちがまだ読んでいる途中の本は結構あるし、寝る前には彼女たちは王都で流行りの小説とかのほうを好んで読んでいることは知っている。

でも、ここまで言ってくれているのだからお願いしようと思う。

それと同時に、みんなの役に立ちたいという気持ちがより強まった。

流石にヒモはいやだ。

俺はみんなの役に立つ方法を今まで以上に真剣に考え始めた。

「なんの話をしてるの？」

アリアとリノが部屋に入ってくる。

二人の手には、さっき採集した魔狂キノコと真黒ゴケがある。

おそらく俺たちが工房を使っていたから二階で発光弾（仮）を作ってくれていたんだろう。

ちょっと悪いことをしたかもしれない。

ミーリアが一緒にいなかったのは、調合でも絶対に暴走するとわかっていたからかな。

「そろそろジーゲさんが来る時期なので、その相談を」

「え？　次にジーゲさんが来るまでに防犯グッズを作るのは無理だぞ!?」

リノはミーリアの話を聞いてギョッとした顔をする。

この雰囲気からすると調合はあまりうまくいっていないのだろう。

ジーゲさんが来ると聞いて、ぎょっとした顔をしたのはそれまでに完成しなければいけないと思ったからか。

そんなの無理に決まってるだろ。

「安心しろ。売るほうじゃなくて買うほうの相談だよ。やっぱり、うまくいってないのか？」

俺がそう言うと、アリアはあからさまにほっと胸を撫で下ろした。

「そうね。発光はすごいからミーリアのやろうとしていることはできなくはないと思うけど、うまく混ざらないのよね」

「あ、光るには光ったんだ」

魔狂キノコと真黒ゴケを混ぜ合わせると光るというのも、ミーリアの仮説だったからほんとに光るかはわからなかった。

だが、二人の様子を見ると光るには光ったようだ。

手に持っている瓶の中に入っている液体がそれなのかもしれない。

真ん中できれいに上下に分かれている。

上の黒いのが真黒ゴケで下の紫色のが魔狂キノコだろう。

水と油みたいなんだけど、どっちも水に溶かしているんだよな？

なんで混ざらないんだ？

いや、ちがうか。

リノの錬成鍋で素材を液体に変化させたのか。

たしかそんなこともできたはずだ。

俺は成功したことないけど。

「うん。こんな感じ」

アリアが手に持った瓶を理科の実験で試験管を回すように振る。

俺に発光する様子を見せようと思ったのだろう。

アリアが瓶を振っていると、中の黒い液体と紫の液体が混ざっていく。

直後、瓶はものすごい光を発した。

「うわ！　目、目が」

「あ。ごめん！」

瓶を観察していた俺はその発光を直視してしまった。

慌てて目を閉じたが、瞼《まぶた》の裏に瓶の輪郭がくっきりと残っている。

痛みはほとんどなかったのでゆっくり目を開けてみるが、目がちかちかする感じがある。

これはたしかに目くらましにはちょうどいいかもしれない。

アリアは手で瓶を覆う。

瓶はアリアの手を透過して光っている。

どうやら、二つの液体は次第に分離していくらしく、光はだんだん収まっていく。

完全に光が収まったころ、アリアが手をどけると再び黒と紫の二つの液体に分離していた。

心なしか黒い液体の色が薄くなった気がするのは真黒ゴケが消費されたからか？

「音は鳴らないんだな」

「音？」

「あ」

失敗した。

前世で光を発する爆弾といえばスタングレネードというイメージだった。

すさまじい閃光《せんこう》で目をつぶし、大きな音で耳をつぶす。

ドラマとかに出てくるってだけで、実際にスタングレネードなんて見たことないけど。

だから、思わず口に出してしまった。

今こんなことを言えば、ミーリアが絶対に興味を示す。

実際、ミーリアは俺のほうを興味深げな顔で見ているし。

そして、アリアたちの視線が痛い。

「あー。なんか、敵を怯《ひる》ませるといえば光と音で怯ませるイメージだったからさ。いや、光だけでも十分に敵を怯ませられると思うぞ？」

せめてもの抵抗に今ので十分だと主張してみるが、ミーリアの瞳の輝きは失われなかった。

「それです！」

あー。

やっぱりだめだったか。

「何か足りないと思っていたんです。そうです。音も一緒に鳴らせばよかったんですよ！　たしか吸音草が音を蓄えてくれたはずです！　これは売れる！　探しにいきましょう！」

ミーリアはそう言って家から出ていく。

俺たちは黙ってその背中を見送った。

「行っちゃった」

「レーイーンー」

「……やっぱり俺のせいだよな」

アリアが恨めしげな声を出す。

今回のはどう考えても俺のせいだ。

一番被害を受けるキーリは、あっけに取られて声も出ない様子だ。

リノとアリアが簡単に混ぜられないか試してくれていたが、二人にできないとわかった以上、それをするのはキーリの仕事になる。

今までは魔狂キノコと真黒ゴケの二つだったのが、吸音草も合わせて三つになったから労力三倍だ。

あの液体を作る作業もあるわけだからそれ以上か。

「レインー。何してるんですかー。行きますよー」

外でミーリアが呼んでいる。

跳ね橋も下ろして、行く準備は万全らしい。

あぁなると誰にも止められないんだよな。

俺はアリアたちのほうをちらりと見るが、ついてきてくれる人はいなそうだ。

まあ、当然か。

「行ってくる」

「いって、らっしゃい」

スイだけが俺に手を振って見送ってくれた。

＊＊＊

「ふー。疲れた」

「お疲れ様」

「あれ？　キーリ？」

村に帰ってくると、キーリが出迎えてくれた。

村の外まで出迎えに来てくれるなんて珍しい。

というか、いつ帰ってくるかわからないのに外に出迎えに来るなんて不可能に近い。

もしかして、村で何かあったのか？

何かあったのかもしれないと思って村のほうを見るが、村の様子に違和感はない。

キーリ自身も焦った様子はないし何か起きたわけではないんだろう。

では、なんで外まで迎えに来ているんだろうか？

少し考えて、答えがわからなかったので本人に聞いてしまうことにした。

「何かあったのか？」

「実はジーゲさんが来るの。さっき先ぶれの人が来たわ。でも、ミーリアはいないから捜しに行こうかと思ってここまで来たら二人がちょうど帰ってきたってワケ」

「ごめんなさい」

ミーリアが申し訳なさそうに頭を下げる。

ジーゲさんの対応はミーリアがすることになっていた。

自分で言い出したことなのに守れなかったから悪いと思っているんだろう。

帰りには暴走もかなり落ち着いていたから、いきなり吸音草を採りに行こうとしたのも悪いと思っているのかもしれない。

今のミーリアの様子はお酒で失敗した後、素面《しらふ》になってから後悔している同僚に似ている。

「まだ来てないから大丈夫よ。商人さんくらいなら私でも対応できるもの。それに、ジーゲさんならアリアも大丈夫そうだって言ってたし」

たしかに、アリアが対応するのであれば失礼にはならないだろう。

アリア本人が大丈夫だって言っても実際は大丈夫な気はしないが。

アリアはいつも頑張りすぎちゃうからな。

キーリもそう思ったからわざわざミーリアを捜しに来てくれたのだろう。

キーリの考えはミーリアにもわかったのだろう。

ミーリアはさらに申し訳なさそうな顔をする。

キーリはミーリアに肩の力を抜いてもらおうと思ってそう言ったのだろうが、ミーリアはさらに罪悪感を感じてしまったようだ。

「とりあえず、ジーゲさんを迎える準備をしたほうがいいだろう」

「そうですね」

俺が空気を変えるようにそう言うと、ミーリアは家に向かう。

帰ってきたのだから対応はミーリアがすることになる。

それまでに売るものの整理や買いたい物の確認なんかもしたほうがいいだろう。

俺たちは一度家に帰ってジーゲさんを迎える準備をした。

＊＊＊

「じゃあ、私たちは工房か私室のほうにいるから。よろしくね」

「はい。任せてください」

アリアたちは工房のほうへと行く。

ミーリアはアリアたちと反対に家を出て跳ね橋のほうへと向かった。

少し危なかった。

みんなにはできるだけ外の人と交流してほしくない。

アリアにはレインが辺境伯の予想以上の魔術師なら召し上げられるかもしれないから、レインを隠しておいてほしいと言って引っ込んでもらっている。

レインにはアリアが交渉事には不向きだから、一緒に隠れておいてほしいとお願いしている。

二人ともそのことを信じているようで、相手が出てこないように気を使ってくれているようだ。

あの二人が交渉に出てこなければほかの三人が出てくることはないだろう。

ミーリアは辺境伯にもみんなが魔術を使えることを黙っている。

そのことはみんなは知らない。

こんなに簡単に魔術師を量産できるとわかれば、レインの危険性は一気に上がる。

そうなれば辺境伯はレインをどう扱うかわからない。

よくて召し上げられる。

悪ければ討伐命令が下るだろう。

この国の現状を考えると後者になる可能性が高いと思う。

切れすぎるナイフはかえって不便だと考える人間が多いのだ。

このことはアリアやキーリにも話していない。

貴族を騙すということはかなりの罪になる。

ミーリア一人が貴族を騙して、村のみんなもミーリアに騙されていたのであれば罪に問われるのはミーリア一人となる。

そういう意味では、アリアが人前に出られなくなったのは少し助かった。

徴税官などの相手もミーリアがすることができる。

ジーゲと違って徴税官とは面識がないからアリアには対応させられないだろう。

もしアリアが対応したとしても、辺境伯の養女であるアリアと徴税官では立場が違う。

今のアリアであれば大した話はされないはずだ。

流石に辺境伯が来ればアリアが対応する必要があるが、辺境伯も、そうそうこの村に来たりはしない。

「……来たみたいですね」

跳ね橋のところまで来ると、遠くから馬車が近づいてくるのが見える。

おそらくあれがジーゲの馬車だろう。

思っていたより大きい馬車だ。

そんなにいろいろと注文しただろうか？

橋を操作していると馬車は村のすぐ近くまでやってきた。

御者台にはジーゲが乗っており、その周りには護衛がいる。

護衛はいつも通り三人だ。

あの三人は最初からずっと一緒に来ている方で、二回目以降はあまり村人に接触してこなくなった。

おそらく、レインを刺激しないように辺境伯から厳命されているのだろう。

そうでなくても、錬金術師がいる場所に行くときには気を張るか。

錬金術師は上位に行けば行くほど偏屈な人が増えていくと聞く。

何が琴線に触れるかわからない以上、口は慎むだろう。

今ならなんとなくその理由もわかる。

魔力で知力が上がっていろんなものが見えるようになってくると、見えている世界が変わってくる。

今まで何気なく見ていた小さなものが、実は大きな何かの予兆だったり、何気ないことが原因で大変なことが起こっているなんてこともわかってくるようになる。

本当に住む世界が変わったような気分だ。

レインも多分、普段はかなり頑張ってミーリアたちに合わせてくれているんだと思う。

レインはミーリアたちの発言に奥歯に何かが挟まったような顔をするときがたまにある。

そういうことがあると、早くレインと同じ領域にたどり着きたいと思う。

「頑張らないといけませんね。いろいろと」

ミーリアは近づいてくるジーゲたちの馬車を見ながら一人呟いた。

＊＊＊

「こんにちは。ジーゲさん」

「こんにちは。ミーリアさん。二ヵ月ぶりになりますかね」

ジーゲは大きな荷物を持って村にやってきた。

明らかに荷物が多いが何かあったのだろうか？

その辺りも聞いてみる必要がありそうだ。

ストレートに聞いても教えてくれるかはわからないが。

どうやら、ジーゲもミーリアたちに隠していることがあるらしい。

その内容はわからないが、おそらく辺境伯の指示なんだろう。

そうであれば突かないほうがいい。

それに、向こうも隠し事があるおかげでミーリア以外の村人に接触しないようにしてくれるのはこちらとしても嬉しい。

「しかし、凄いですね。もう開墾が終わっているとは。これまでに通ってきた村ではまだ始めたばかりでしたよ」

「いえ。魔道具があったおかげです」

ジーゲはまず村のことを褒めてきた。

向こうとしては特に深い意味はないのだろうが、あの畑にはいろいろ秘密にしておきたいことが含まれている。

だからあんまり聞いてほしくはない。

だが、この受け答えは想定の内だ。

だから、回答もちゃんと用意していた。

魔道具の木の鍬のお陰で開墾が早く終わったのは嘘ではない。

ただ作ったのがレインではなくてキーリだというだけで。

「魔道具の農具ですか。辺境伯様にできれば譲ってもらえないか聞いてきてほしいと言われたのですが、どうでしょうか」

「……材料を手に入れるのが大変なので、来年必要な分以上に作れればお譲りできるかもしれません」

木の鍬は来年も作るかわからない。

もし魔の森でもっといい素材が手に入ればそれで作ることになっている。

魔の森の探索をしていることは多分バレているが、こちらから教えるつもりはない。

「そうですか。では、作成できましたらお声をおかけください。買い付けの準備だけはしておきます」

「よろしくお願いします」

どうやら、木の鍬も魅力的な商品になるようだ。

あれだけの広さの土地を早く耕せたのだし、当然か。

レインの話では魔力の少ない場所ほど魔道具の鍬の恩恵を受けることができるらしいので、少し残しておいて売却したほうが良かったかな？

いや、ただでさえ足りるか微妙だった。

来年も同じだけ作るのかさえわからない現状ではそれはないか。

「そういえば、あの堀や塀も魔道具で作ったのですか？　おそらくこの村を囲っているものと同じものですよね」

「あれは魔術を使って作りました」

この村の堀と塀が魔術で作られたものだというのは、以前辺境伯に伝えたことだ。

それとずれを発生させるわけにはいかない。

実際に魔術で作ったのだし、問題ないだろう。

おそらくジーゲが見た部分はキーリが作ったものだが嘘は言っていない。

レインは魔の森から遠い部分をキーリに任せたから、町寄りのほうはキーリが作ったのだ。

少し作りが粗かったように見えたが、ジーゲは気にならなかったようだ。

「そうですか。話は変わるのですが、今回は実は一つ辺境伯様から依頼を承っているんです」

「なんでしょう？」

どうやら、ここからが本番らしい。

何か荷物が多かったのはその依頼のせいだったようだ。

しかし、少し変ではある。

素材は魔の森の近くでほとんどのものを取ることができるはずだが、いったい何を持ってきたのだろうか？

「ポーションを作っていただきたいのです」

「……ポーション。……ですか？」

予想外の依頼に一瞬頭の処理が追い付かなかった。

たしかに、レインのレシピでキーリが作るポーションの効き目はありえないくらいに高い。

だが、今までジーゲにポーションを売却した記憶はない。

そんな状況でジーゲはどうしてポーション作成の依頼をしに来たのだろうか？

「どうも、錬金術師様が兵士に渡したポーションの効き目がとても良かったらしく、新しい傷どころか古傷や持病も治ってしまったそうで」

「……そうなんですか」

そういえば、レインが兵士さんに帰り際にポーションを一本渡したと言っていた。

自作のポーションはまずくて飲めたものじゃないからと言ってレインが捨てていた記憶がある。

小瓶どころか大瓶に入ったものを何本も。

「それならばと辺境伯様が依頼したいと……。小瓶一本で一万ガネーでとりあえず百本作成いただけないでしょうか？」

ミーリアは思わずいくら分のポーションを捨ててしまったのか計算しようとした。

だけど、そんなの無駄だし、むなしくなるだけだ。

今は未来のことを考える必要がある。

「ですが、ポーション瓶が今ないのです」

「それなら大丈夫です。必要分は持ってきました。ラケルさん運んでください」

「わかった」

ラケルは仲間と一緒に部屋から出ていく。

どうやら、あの大量の荷物はポーション瓶だったらしい。

量が多く見えたのは割れないように丁寧に梱包《こんぽう》されているからだろう。

空のポーション瓶でもかなりの値段がするはずだ。

「とりあえず百本お願いしたいです」

「百本ですか？」

いくら効き目が高いからといって百本は多い気がする。

ポーションはそんなに頻繁に使うものでもない。

それに、効き目のいいポーションはすぐにダメになってしまうのだ。

レイン曰《いわ》く、ポーションは魔力の塊だから放っておくと空気中に発散してしまうらしい。

「念のため、という程度です。実は今年の隣国との小競り合いは少し荒れそうなんです」

「そうなんですか？」

ミーリアがポーションの大量発注を不審に思っていることが伝わったのか、ジーゲが理由を説明してくれる。

隣国との小競り合いはいつものことだ。

毎年だらだらと続けているせいで、最初は何の原因で小競り合いを始めたのかさえわからなくなってしまっている。

それなのに、いつも以上にポーションを必要とするということは、小競り合いの裏で動いている存在がいるということだろう。

「どうも、第二王子派が何か暗躍しているらしく……」

「第二王子が……」

第二王子は昔から好戦的な人だった。

最近は輪をかけて好戦的になり、ミーリアが王都を離れたときには『私が王になれば必ず戦争をする』と公言していたほどだった。

たしか辺境伯は第二王子派と敵対している第三王子派に所属していたはずだ。

なるほど。

それで大量のポーションが必要なのか。

好戦的な第二王子派が小競り合いでやることなんて危ないことに決まっている。

「わかりました。できるだけ早く準備はしますが、可能であればポーション瓶を余分にいくらか譲っていただけないでしょうか?」

「問題ありません。念のために百五十本の空のポーション瓶を持ってきていますから」

「ありがとうございます」

話をしている間にもどんどんとポーション瓶が運び込まれてくる。

たしかに、ぴったりだと瓶を割ってしまったりしたときに困る。

辺境伯が権力を失うとミーリアたちも困る。

キーリには悪いが、急ぎポーションを作ってもらう必要がありそうだ。

ミーリアはラケルがポーション瓶を運び込む様子を見つめていた。

◇◇◇

「ポーション瓶が手に入ったのはラッキーだったな」

「そうね」

夕飯後、俺たちは話をしていた。

今から村を出ると今日中に野宿できる広場までたどり着けないと言うので、ジーゲさんたちには今日は泊まってもらうことになった。

だから、俺たちも話し合いより先に夕食をとることにした。

いつものことだが、夕飯はジーゲさんたちは別々にとった。

村では村のものはあまり食べないようだ。

毒を盛られるかもしれないかららしい。

もうジーゲさんたちとは結構な付き合いになる。

それに、向こうも辺境伯のお墨付きがある。

だから、俺たちがひどいことをしないとはわかっているだろうに。

どうも、行商人というのはそういうものらしい。

ほんとに律義な人だ。

そうでないと辺境伯お墨付きの商人なんかにはなれないのかもしれないな。

それよりも、今回は運よくポーションが手に入ったらしい。

どうやら、辺境伯からポーション瓶作成の依頼が入って、それのために持ってきたポーション瓶の一部を譲ってもらえるそうだ。

なんでも、俺が兵士さんに帰り際に渡したポーションがかなり効いたらしい。

「それでなんだけど、レイン。ポーションを作ってもらえませんか？」

「うーん。別にできるとは思うけど、キーリが作ったほうがいいんじゃないか？」

「え？　私？」

キーリは驚いた声を出す。

何を驚いているんだ？

この村の錬金術師はキーリじゃないか。

「俺は錬成鍋を持ってないからな。それに、キーリが作れば味が少しはマシになるかも」

俺の作ったポーションはまずくて飲めたものじゃなかった。

だけど、古代魔術師文明時代の本にそんなことは書いていなかった。

古代魔術師文明時代の中期には、ポーションは子供でも飲むような常備薬に近い存在だったらしい。

だから、そんなに味の悪いポーションが残っているなんてことはまずない。

となると、考えられるのは俺が作ったせいでひどい味になったということだ。

錬成関係はちゃんとした手順じゃなくても完成はするけど、品質は低いなんてことはよくあるらしいしな。

せっかくゼロから作るんだったら、キーリに作ってもらったほうがいいだろう。

俺が作れたポーションなんて一種類だけだからレシピも大体わかっているし。

「……そうね。あのドブみたいな味のポーションを渡すのも悪いしね」

「ドブって」

自分で言う分にはいいが、他人に言われると少し堪えるな。

キーリは俺がポーションを捨てているのを見て、何度ももったいない言いっていた。

味がひどいと言うと、キーリは試しに一度だけ味見をしてみたのだ。

それ以来、ポーションを捨てることを何とも言わなくなった。

ポーション自体も小指の先につけて舐《な》めた後、容器に残ってる分は全部捨ててたし。

ちなみに、そのときスイも一緒にいて、隣で味見をしていた。

スイは「おいしくない」と言いながらも小瓶一本分を飲み干していた。

青汁ではないからまずくても体にいいとかはないぞとは言ったのだが、まず、青汁が通じず、飲み干すまで止めることはできなかった。

「じゃあ、ポーションの作成はキーリにお願いします。明日までに一本作ってみてもらっていいですか？　できるかどうかとそれでいいかの確認をする必要があるので」

「わかった。今から作ってくるわ」

キーリはそう言うと、部屋を出ていく。

今日は魔物との戦闘もちゃんとしていないし、魔力も有り余っているから余裕だろう。

「ポーション瓶は手に入りましたけど、他に何か必要なものはありますか？　あぁ。レインのために古代魔術師文明時代の本はお願いしています」

「そうね。何が必要かしら」

アリアはそう言いながらチラッチラッと俺のほうを見てくる。

あ、これは俺がいちゃダメなやつかな？

下着とかそういうあまり俺に聞かれたくないことを話したいという合図だ。

アリア以外はそういう話を平気でしてくる。

おそらく、そういうものが必要になりそうだとアリアは知っているのだろう。

男の俺は居心地が悪いからこれは本当に助かっている。

「俺はキーリを手伝ってくるよ。どのポーションを兵士さんに渡したかも言ってないし。同じものを作ったほうがいいだろ？」

「そうですね。お願いします」

回復系ポーションのレシピはいっぱいある。

俺が兵士さんに渡したものより高性能なポーションをすでにキーリは作っている。

それを作って渡してもいいのだが、わざわざ効能が違うのを渡せば、どうして違うのを渡したのか聞かれることになるかもしれない。

詳しく話すことになれば、俺のポーションが失敗作だったというのも話さなければいけなくなるかもしれない。

それはカッコ悪いから言いたくない。

いや、味が違う時点で理由は聞かれるか？

よし、俺のポーションは劣化していたことにしよう。

失敗作を渡されたというより、廃棄になるちょっと前の劣化品を渡されたというほうがまだましだろう。

……いや、一緒か。

俺はポーションがまずかったことの言い訳を考えながらキーリの後を追った。

＊＊＊

「キーリ。どうだ？」

「あ。レイン」

俺が工房に入ると、キーリは本を広げていた。

キーリは本を並べて何か悩んでいるようだ。

ポーションの作り方が載っている本はたくさんあるから、どれを作るのか悩んでいるのかもしれない。

「どのポーションを兵士さんに渡したの？」

どうやら、キーリは俺が兵士さんに渡したポーションと同じものを作るつもりらしい。

回復用のポーションと一口に言っても作り方や必要な材料などいろいろとある。

だが、その効能はそのポーションに含まれる魔力量で決まる。

魔力量の多いポーションを作って薄めることもできる。

どの作り方をしようと完成品の魔力量が一緒なら効能は同じなのだ。

この魔の森からはかなりいろいろな素材が取れるから、大体どれでも作ることができる。

だから適当に作ればいいいと思うのだが。

いや、もともとの依頼が俺の渡したものと一緒のものをご所望だったから、同じものを作るのは当然か。

「『アウトドア用錬金術』っていう本なかったっけ？　それに書かれてる常備薬のポーションだよ」

「え⁉　あれ？」

キーリは驚いた顔をする。

どうやら、彼女としてはもっと効果の高いポーションを作るつもりだったらしい。

驚いた様子で部屋の隅に積まれた本をあさりだす。

予想外だったため手元にすら持ってきていなかったらしい。

俺もキーリの手伝いをする。

「あれってかなり効果の低いやつじゃなかったっけ？」

「そうだぞ。すり傷や虫刺され用のポーションだな。お。これこれ」

目的の本はすぐに見つかった。

俺は本の山から『アウトドア用錬金術』の本を取り出す。

最後のほうのページにいくつかのポーションの作り方が載っている。

その中で一番最初に載っているポーションの作り方のページを開く。

ページの見出しには『簡単！　安全！　誰でもできる‼』と大きな文字で書いてある。

……俺はこれを作るために相当な量の材料を無駄にしたんだけどな。

「……レインのことを疑うわけじゃないけど、こんなの本当に効くの？」

「ポーションとかは魔力量が低い人ほど効くからな」

「あ。そっか」

実はこの世界の傷と回復の関係はＨＰのようなものだと考えると理解しやすい。

腕が取れたり足がもげたりすると大体ＨＰの半分が削れた状態になるって感じだ。

修行して総魔力量が増えると総ＨＰが増えることになる。

そのため、ＨＰが10の人間は5のダメージを与える攻撃で腕が切り落とされるが、ＨＰが１００の人間だと50のダメージの攻撃をしないと腕が切り落とされることはない。

そして、それは回復にも当てはまる。

ＨＰが10の人間は5回復することで腕をはやすことができるが、ＨＰが１００ある人間は50回復しないと腕をはやすことができない。

その考え方で言うとポーションは固定値回復アイテムに当たる。

つまり、同じポーションでももともとのＨＰが低い人ほどその効力は大きくなる。

「じゃあ、これを作ってみましょうか」

「そうだな」

キーリも納得してくれたらしい。

素材的にも技量的にも簡単に作れるものだし、とりあえず作ることにしたようだ。

俺たちはポーション作りを始めた。

＊＊＊

「簡単にできたわね」

「そりゃそうだろ」

キーリはあっけなくポーションの生成に成功した。

いつもこれよりも魔力量の多いポーションを作っているんだから当然だ。

基本的に魔力量が大きいものほど作るのが難しい。

だから、こんなポーションを作るのはキーリにとっては朝飯前だ。

本に簡単だって書いてあったしな。

最近難しい錬成ばかりしていたから感覚がおかしくなっているのかもしれないな。

「もっといいポーションを作ったほうがいいんじゃない？」

「効力の低いポーションにも利点はあるぞ？」

「どんな？」

「効力が落ちにくい」

「……なるほど」

ポーションは魔力量が大きいほど効果は大きいが、その分魔力が発散しやすい。

やってみたことはないが、周囲の魔力濃度と同じ濃度に近づいていっているんじゃないかと思う。

部屋の中に置いたお湯も温度が高いほど冷めやすいっていうのと似ている気がするから。

魔力量の高いポーションでも、長期保管用のポーション瓶とかを錬成できれば数年は持つものができるかもしれないが、今のキーリはポーション瓶を錬成できない。

魔力量の低いポーションを納品するほうがいいだろう。

「じゃあ、ミーリアにこれをサンプルとして渡してもらいましょう！　……あれ？　このポーション、お子様でも飲みやすい味って書いてあるわよ？　本当にこれで合ってる？」

「……間違いない。品質が悪ければ味も悪くなるらしいからな」

「そうなの？」

キーリは錬成鍋の機能を使って出来上がったポーションの品質を確認する。

錬成鍋が鑑定した結果、出来上がったポーションの品質は『最高品質』と表示されている。

魔力の豊富な魔の森の素材を使ったのだからそうなるのは当然だろう。

キーリはほっと胸を撫で下ろす。

作るのは簡単でも品質が上がらないものっていうのもあるからな。

「……レインのポーションの品質は何だったの？」

「……『ギリギリ』」

「……」

そんなかわいそうな子を見るような目で見ないでほしい。

一番下の品質が『最低』ではないことを初めて知ったよ。

ここより素材はよかったはずなのに最低品質以下のものしか作れなかった俺って……。

いや、もうそのことは忘れよう。

今はポーションがちゃんとできたことを喜ぶべきだ。

「こ、これでサンプルはできたわね！」

「そうだな。とりあえずは成功だ」

俺たちはポーションの完成を喜びあった。

◇◇◇

「これが例のポーションかい？」

「はい」

ジーゲは辺境の村への行商から領都に帰って辺境伯に呼び出されていた。

ポーションの件は事前に連絡していたから、呼び出されるのは想定の範疇《はんちゅう》だ。

納品予定なんかも聞いてくるように言われていたので、近いうちに呼び出されるとは思っていた。

もともと今回の行商ではいつ頃に百本完成して、それをいつ頃取りに行くかの相談をするはずだった。

だが、錬金術師が数本を一晩のうちに作ってくれたので、サンプルを辺境伯に献上することになった。

材料を魔の森に取りに行かないといけないので、百本が出来上がるのは半月くらい後になる予定らしい。

「……ちょっと試してみるか」

サンプルに辺境伯が口をつける。

ジーゲは驚きに目を見張る。

普通、こういうものを試すのは毒見役などの役割の者のはずだ。

この辺境伯はいつも率先垂範で自分でやってしまうと聞いていた。

近くに立っていた執事長もまたかという顔をしているから珍しいことではないのだろう。

だが、目の前でやられると心臓に悪い。

もし、毒とかだったらどうするつもりなのだろう。

どういう対応になろうとジーゲの首が飛ぶことは間違いない。

高いものだからとそのまま持ってこずに、ちゃんとこちらでも毒見をしておくべきだった。

次からは絶対に確認してから持ってくることにしよう。

「……思っていたより悪くない味だね」

「そうなのですか?」

辺境伯は驚いたような顔でポーションを見る。

少し驚いた。

以前に試した兵士は、あまりにひどい味に飲み干すのに半日以上かかったらしい。

ミーリアが味は少し改善しているはずだと言っていたが、改善されても大したことはないと思っていた。

悪くない味であれば自分用に購入するのも視野に入れるべきかもしれない。

……味が気になるな。

やっぱり毒見をしておくべきだった。

「それに、効果は報告以上のものがありそうだね。古傷が治ってるよ」

辺境伯は自分の手を確認している。

魔術師にはポーションが効きにくい。

相当高位のポーションを使っても傷口がふさがらないなんてことも起こるそうだ。

それなのに、古傷まで治してしまうとはかなり高位のポーションなんじゃないだろうか。

値段は普通のポーションの十倍以上するが、これであれば買う者もいるかもしれない。

それに、心なしか肌もツヤツヤしているように見える。

これなら貴族に美容品として売ることができるか？

美容関係は、それこそ湯水のようにお金を使う人がいるからな。

いや、そんなことより今は戦争のほうが優先される。

美容関係に使えるようになるとしても第三王子が政争に勝ってからだな。

……それに、首輪付きの私には関係ないことか。

「そういえば、戦争のほうはどうなのですか？」

「気になるかい？」

声音は普通だが、辺境伯の視線がキツくなる。

冷や汗がジーゲの背筋を伝う。

戦争の話は地雷だったか？

辺境伯専属になっているとはいえ、商人が気にするべき内容ではないというのはわかる。

もしかしたら、評価が少し下がってしまったかもしれない。

もうここまできたら本当のことを言うべきだろう。

「いえ。ミーリアさんが気にしていましたので。今後もポーションを量産するべきなのかと」

「……そうかい。まあ、少しくらいは教えておいても良いかもね。アリアの功績でもあるんだし」

辺境伯は机の上の資料を手に取る。

そういえば、アリアが王都でいろいろやって開拓村が注目されたから、その隙に戦争関係の情報を抜き取ったと言っていたか。

あれはその資料なんだろう。

辺境伯が苛立たしげにしているのは少し気になるが、ミーリアに聞かれたのだ、聞ける部分は聞いておくべきだ。

「どうも、隣国は戦争に魔物を引っ張り出してくるつもりらしい」

「戦争に魔物をですか？」

「あぁ。どうも、魔物を誘導する魔道具が見つかったらしくてね。それを使って私たちの軍に魔物をぶつけるつもりらしい」

辺境伯が苛立っている理由がわかった。

魔物は人類共通の脅威だ。

どうやら、隣国はそれを戦争に利用するつもりらしい。

魔物を戦争に使う国なんて聞いたことがない。

「教会は何も言っていないんですか？」

回復魔術を使う教会は魔物を神敵としている。

敬虔《けいけん》な教徒は魔物から取れる魔石さえも使わないほどの徹底ぶりだ。

そんな教会が魔物を利用するなんていう行動を許すはずがない。

「どうも、うまく隠してるらしくてね。今回の戦争でも偶然魔物が迷い込んだと白を切るつもりらしい」

隣国は教会に対する対策も考えているらしい。

だが、どんな対策であろうと、そう何度も使えるわけがない。

もしかしたら、今回の戦争で我が国に大打撃を与えるつもりなのかもしれない。

どちらにしても、いつものような小競り合いでは終わらなそうだ。

「隣国の魔物は動きを止める力を持っていたり、少し厄介らしいからね。今から対策を考えているところだよ。ほんとに早くわかってよかった」

「なんとか、なるんですか？」

ジーゲがそう聞くと、辺境伯は難しい顔をする。

「わからないね。経験のないことだから。グレイスネークは大きな音や強い光を嫌うっていうから大きなドラなんかを用意しているところだよ」

「そんなことでどうにかなるんですか？」

「やらないよりはマシだろ？」

たしかに、我が国と隣国では出る魔物の種類が違う。

グレイウルフとは何度も戦闘している辺境伯でも、隣国に出現するグレイスネークの対処法などは知らないのだろう。

「そうだ。次に村に行くときに何か手がないか錬金術師に聞いておいてくれるかい？　魔の森の近くで生活しているんだから、もしかしたら何か良い手を持っているかもしれない」

「そうですね。ポーション瓶をできるだけ早く追加で欲しいと言われているので、仕入れが済めばすぐに向かおうと思います」

小競り合いはいつも夏前に行われる。

まだ時間があるから、一ヵ月後にポーションを取りに行こうかと思っていたが、隣国が魔物を使うなどという禁じ手を使ってくるのだ。

できるだけ早くポーションを手に入れたほうがいいだろう。

それに、魔の森の近くで暮らしている錬金術師であれば、いろいろな魔物の特徴などを知っているかもしれない。

「……空のポーション瓶だったら、城の倉庫にあるはずだから持って行っても良いよ」

「よろしいのですか？」

「構わないよ。半分はうちへの納品用だろうしね」

城の備蓄品ということは、緊急時のために用意しておいたものだろう。

今それを使うということは、辺境伯から見ても、今回の隣国の行動は緊急事態だということなのだろう。

可能性が低くとも、いろいろな情報を集めているのかもしれない。

そういえば、いつもより屋敷が慌ただしかった気もする。

少しでも早く行動するべきだとジーゲは思った。

「では、明日にでも出発しようと思います」

「悪いね。頼むよ」

ジーゲも今は辺境伯のお抱えの一人だ。

辺境伯家にとって良い方向に向かうように動くのは当然だろう。

ジーゲは頭を下げて退室した。

◇◇◇

「ふう。今日も何事もなく終わりそうだな」

マーレンは今日の仕事を終えて大きく息を吐く。

この場所は国境付近の砦《とりで》だ。

例年恒例の隣国との小競り合いは、この砦から少し離れた平原で行われている。

本来の砦将《さいしょう》である兄が家の軍を率いて戦場に行っているので、マーレンはまだ学生ではあるが、今はここで臨時の砦将として詰めていた。

学園のほうは休みだ。

いつも戦争の時期になると学び舎が長期の休みになる。

多くの学生が戦争に将として参加するからだ。

若い貴族はこの戦争で初陣を迎えることが多い。

隣国との小競り合いとはいっても、大した被害も出ず、年によっては軍を布陣するだけで終わる。

だが、多くの兵が集められるため、兵の運用や陣地の組み方などを知るには最適な戦場になっている。

まさに、若者の初陣にはもってこいの場所だ。

男性はともかく、マーレンのような女性が将として参加することは珍しい。

だが、マーレンの家は最近第二王子派から第三王子派に派閥を移ったため忙しく、マーレンも戦場に来る羽目になっていた。

戦場とはいっても、この場所はまず戦闘に巻き込まれることはない後方だ。

今年は少し動きがありそうなので、ほかの学生も戦場には出ていないらしい。

だが、こんな後方に何かあることはないだろう。

「レオポルド第二王子が今回は動くみたいだからね」

マーレンは窓の外を見てそう独り言を言う。

マーレンは第二王子とは面識があった。

友人であったミーリアの婚約者が第二王子だったのだ。

マーレンも少し前までは同じ学び舎で親しくしていた。

だが、最近その状況は大きく変わった。

「まったく。あんなのが王族だなんて」

第二王子は、平民出身で回復魔術が使えるイオという女性を婚約者として迎えるために、ミーリアに婚約破棄をしたのだ。

普通、回復魔術の使い手は教会に所属することになる。

教会の制約はいろいろと厳しく、回復魔術一回につきどれくらいの寄進を受け取り、どれくらいを教会に納めるかといったことがしっかり決められている。

そのため、簡単に動かすことはできない。

だが、王族であれば話は違う。

王家と教会には上下関係はないことになっている。

政治をつかさどる王家と宗教をつかさどる教会が争えば大変な事態になりかねないので、かなり昔からそういうことになっているらしい。

そのため、王家の人間だけは例外的に教会の制約から解き放たれるのだ。

よっぽどのことがない限り、王家所属の回復魔術師は自由に動くことができる。

第二王子は自分の自由にできる回復魔術の使い手が欲しかったのだろう。

第二王子はミーリアとの婚約を破棄してイオと婚約した。

第二王子が悪いと言われないようにミーリアにいろいろな冤罪《えんざい》を擦《なす》りつけて。

ミーリアの家はミーリアが回復魔術を覚えるために教会に多くの寄進をしたため、お金がなく、抵抗できなかった。

そして、ミーリアは追放されてしまった。

公爵家ではあるが、今はかつての権勢はない。

一時は王子の婚約者を出すほどの権勢を誇ったというのに。

おそらく、あと二、三代は完全には復活できないだろう。

「無茶苦茶をした第二王子もただでは済まなかったんだけどね」

当然、ミーリアの家は第二王子派から第三王子派に鞍替《くらが》えをした。

マーレンの家もミーリアの家と懇意にしていた伯爵家だったため、付き従うように第三王子派になった。

それだけではなく、ミーリアの家の勢力以外からも第三王子派に移る家がいくつか出た。

少し調べればミーリアが貶《おとし》められたことはわかる。

自分の婚約者を貶めるような者のもとに人が集まるはずがない。

そのため、当時は第二王子が圧倒的に優勢だったのが拮抗《きっこう》するまでになっている。

それからは第二王子の勢力は活発に動いている。

第二王子は失った勢力を盛り返すためにも戦争がしたいのだろう。

新しい婚約者は回復魔術が使える。

回復魔術は戦争などが起きて傷を負うものが増えると有用性が上がる。

新しい婚約者がミーリアより役に立つと自慢したいのかもしれない。

「ミーリア、元気にしているかしら？」

マーレンはミーリアのことがずっと気になっていた。

ミーリアは今はどこにいるか、わからない。

家を追い出されて以降は誰も消息を追えていない。

いろいろな冤罪をかぶせられたため、家から追い出されはした。

だが、実のところは悪意から守るため、公爵家が消息を追えないようにしたのだ。

だから、今は生きているのかすらわからない。

マーレンは友人のことを思いながら沈みゆく夕日を眺める。

「マーレン様！」

「どうした⁉」

血相を変えて一人の兵士が部屋に飛び込んでくる。

尋常な様子ではない。何か起きたのだろう。

「魔物が！　魔物が攻めてきました！」

「なに！」

一瞬焦ったが、焦るようなことでもない。

こんなところに魔物が出ることは珍しい。

だが、全く出ないというわけではない。

もしかしたら、見たことのない魔物が出たのかもしれない。

だが、ここは砦。

小さな村とは違うのだ。

兵も詰めているし、魔物であっても倒すことができるだろう。

「どんな魔物だ？」

「グレイバイパーが十匹です」

「じゅ！」

一瞬、兵が何を言っているのかわからなかった。

魔物が複数同時に出るなんて聞いたことがない。

ここは魔の森のそばではないのだ。

だが、今はそんなことはどうでもいい。

十匹の魔物なんて対応できるはずがない。

だから、マーレンが今やるべきことは一つだ。

「撤退する！」

「しかし――」

「お父様には私から謝罪をする。早く準備をしろ！」

ここは最前線の重要な砦だ。

敵軍に取られるわけにはいかない。

そのため、敵の軍が来ても対抗できるように結構な戦力を備えている。

だが、魔物は一匹で一軍に匹敵する。

そんな魔物が十匹も攻めてきたのでは守り通せるわけがない。

勝てないのであれば、被害を少なくするためにも逃げるのが得策だろう。

「申し上げます！　魔物が正面門を突破しました！」

「く！　撤退を急げ！　私も出る！」

しかし、状況はどんどん悪い方向に進む。
別の兵がマーレンの部屋に転がり込んで来て、状況の悪化を伝える。
それを聞いて、マーレンは自分も前線に立つことを決めた。
魔物は魔術に弱い。
しっかりと魔術を学んだマーレンがいれば少しは変わってくるだろう。
この砦にはマーレン以外に魔術を使える存在は少ない。
そういう兵は兄が戦場に連れて行ってしまったのだ。
（まさか、私が砦に詰めているときに魔物が攻めてくるなんて）
マーレンは魔物が攻めてきたという門へと急いだ。

＊＊＊

対応が早かったため、砦からの撤退には成功し、死者は出なかった。
重傷者は一名。
皆が逃げるためにしんがりを務めたマーレンが、魔物から攻撃を受けて重傷を負った。

「なんとか間に合ったようだな」

「そのようですね。軍務大臣閣下」

軍務大臣は最前線近くの天幕の中で副官と戦況の確認をしていた。

隣国が攻めてきたと聞いたときは焦ったが、どうやら、まだ国内にまでは攻め入られていないらしい。

国境に布陣して数週間経つが、まだ小競り合い程度しか起こっていない。

その小競り合いもこちらの勝利で終わっている。

「どうやら、隣国の軍の本隊がまだ来ていなかったらしいな」

隣国の兵はそこまでの強兵ではなかった。

何より、前回の戦争の際に我が軍を苦しめた赤や青の鎧《よろい》を着た隊がいなかった。

あの部隊は全ての隊員が魔道具を持ち、かなりの練度だったため、手こずることになった。

前回の戦争では相手が、人員の多い我が軍を攻めあぐねていたところで隣国で飢饉《ききん》が発生した。

それで我が軍の勝ちとなった。

もし、そうでなければ我が軍にももっと被害が出ていたかもしれない。

我が軍の勝ちは揺るがなかっただろうがな。

「……今回の戦争は絶対に勝たないといけませんね」

「どんな戦争だろうと勝つ！」

「そ、そうですね」

だが、副官の言いたいこともよくわかる。

今回の戦争は我々軍派閥にとってどうしても勝ちたい戦争だ。

隣国と接している領地を保有する貴族は軍派閥が多い。

軍が前回の戦争で勝ち取ったものなのだから、当然ではある。

もし、隣国に土地を奪われれば軍派閥が弱体化することになる。

それだけではない。

せっかく軍派閥が勢いに乗っている今、冷や水をかけられることになる。

せっかく第一派閥になったのだ。

我々がこの国をもっといい方向に導く必要がある。

こんなところでつまずいている場合ではないのだ。

「今、国王陛下が辺境に向かわせていた中央軍の大半をこちらに向かわせてくれたという情報が入ってきました」

「……あの愚王もたまにはいいことをするではないか」

「閣下。口が過ぎますよ」

「そうだな。どこに耳があるかわからん。貴族派閥のようになってはたまったものではない」

あの愚王は娘可愛さに国をめちゃくちゃにした。

どうやら、貴族派閥のディなんとか公爵が派閥拡大のために王女との結婚を画策したらしい。

王族は特殊な事例でもない限り、派閥のバランスを考えて婚姻を結んでいる。

だが、対魔貴族との婚約が決まっており、他の婚約者がいなかった第三王女と婚約することで一歩リードしようとしたらしい。

第三王女は他の王族とも仲が良かったので成功すれば効果はあったかもしれない。

結果は大失敗。

それだけで済めば良かったのだが、余波で我が国は国力を一気に落とすことになった。

関わった者は多かれ少なかれ処罰を受けた。

処罰は広範囲に及び、軍部内でも被害を受けた者はいる。

軍の保養所なども使えなくなったものもあるしな。

だが、ことの発端の貴族派閥ほどではない。

貴族派閥は今ほとんど形骸化している。

おかげで軍派閥が第一派閥になることができたが、受けた被害を差し引くとトントンというところだろう。

本当にいらないことをしてくれた。

「しかし、中央軍が合流すれば一気に押し返せそうですね」

そのとき、伝達役の兵が駆け込んできた。

「報告します。敵軍、本隊到着した様です――」

「やっと来たか」

そろそろ到着する頃だと思っていた。

軍務大臣が立ち上がり、出陣の準備を始める。

しかし、伝達役の兵はまだ出ていかない。

それどころか、何かを言いたそうにしている。

どうやら、伝達の途中で軍務大臣が出撃準備を始めてしまったので、最後まで伝えられなかったようだ。

そういうときは大きい声で伝達を続けるものだ。

そんなこともわからないとは。

もう少し新兵教育に力を入れる必要があるかもしれないな。

騎士団の新人も入ってくることだしな。

「敵部隊。魔術師部隊が中心とのことです！」

「なんだと⁉」

軍務大臣が動きを止めて話を聞く体勢を作ると、伝達役の兵は続きを話す。

軍務大臣はその伝達を聞いて思わず声を荒らげる。

魔術師部隊は文字通り、魔術師を中心とする部隊だ。

この部隊は敵にするととても厄介なのだ。

何が厄介かというと、奴らは強い魔術で遠距離攻撃をしてくる。

その攻撃は弓矢などよりよほど強い。

「クソ！　こんなときに騎士団がいれば！　本当に役に立たない！」

普通、魔術師部隊は前線には出てこない。

補充が難しいから危険な場所には送らないのだ。

前線で敵の魔術師部隊と削りあいにでもなれば大損だ。

魔術師は一人育てるだけでも十年単位の時間がかかる。

一定以上の技量の魔術師を部隊単位で揃《そろ》えようとすると相当な予算と時間が必要になる。

おそらく、我が国の魔術師部隊が手薄なことを見てとって送ってきたのだろう。

我が国にも魔術師部隊は存在する。

我が国の魔術師部隊は騎士団だった。

だが、今はその騎士団は壊滅状態だ。

旧騎士団は使い物になる人間がほとんどおらず、新兵は訓練すらまともにできていない。

近衛騎士も魔術を使うことはできるが、一騎当千の近衛騎士は王族の守りに必要不可欠だ。

そんなものを戦場に引っ張り出すわけにはいかない。

「く。もうすぐ辺境を守らせていた中央軍が合流する。それまでなんとか持ちこたえて一気に叩《たた》き返すぞ！」

「承知しました」

遠距離攻撃手段がない今、近づいて叩くしかない。

魔術も無尽蔵に撃てるわけではないので、大量の兵をもって敵の魔術師部隊を討ち取るしか方法はない。

兵の損耗は大きいかもしれないが、この際仕方ない。

一番の問題は中央軍が合流するまで持ちこたえられるかだ。

一方的に攻撃されることになるだろうから、どうやって士気を維持するか……。

（早く来てくれ。我が軍よ）

軍務大臣は軍がいるであろう南のほうを向かって祈りを捧《ささ》げた。

書き下ろし　合い言葉は『俺たちは何も見ていない』

「はあ～～～」

フローリア辺境伯領で領軍に所属するロウは本日何度目かになる大きなため息を吐いた。

「ロウ。気持ちはわかるが、いい加減ため息はやめろ」

「すみません。ニコさん」

ロウは今、上司であるニコたちと共に最近、領内にできた開拓村へと向かっていた。

どうやら、その開拓村で防衛を担っている錬金術師が用事で村から離れないといけなくなったらしい。その間の防衛要員として招集されたのだ。

こういう任務はたまにあるので、それはいい。

問題なのはこれから行く村が錬金術師の管理する村だということだ。

領都などの大きな町ではなく、小さな村に居を構える錬金術師は変わり者が多い。

最悪の場合、村人を使って怪しい実験をしている、なんて可能性だってある。

しかも、これから行く村は魔の森のすぐそばにある開拓村なのだ。

そんなところに居を構える錬金術師がまともなわけがない。

「『俺たちは何も見ていない』……。そうだろ？」

「そうですね」

ニコが確認するようにそう告げる。

『あなたたちは何も見ていないし、何も知らない。それだけは徹底してください』それがこの任務を受けたときに執事長から言われたことだった。

ロウたちがこの任務に選ばれたのも、長く軍に勤めているというのもあるが、実家が割と大きな商家で信頼があったというのも理由の一つだったのだろう。

ロウはずっとニコの部下としてやってきていたが、他の二人は別の部隊に所属している兵士だ。

確か、あの二人もどこかの商家出身だと聞いた覚えがある。

商家の出身者は実家である程度の教育を受けているため、読み書きはもちろん、簡単なマナーくらいなら知っているので、こういう少し面倒な任務のときは使われやすいのだ。

いや、もしものときに実家を人質に取れるという理由もあるのかもしれない。

そう考えると、ロウのテンションはさらに下がっていった。

「ニコさん。開拓村が見えてきたよ」

「「……」」

御者をしてくれている冒険者がニコたちに声をかけてきた。

どうやら、開拓村が見えてきたらしい。

これから一体どんなに悍《おぞ》ましいものを見せられるのか。

ロウはニコと一緒に馬車から村のほうを確認する。

「え？」「は？」

道の先に見えてきたのは村とは思えないほど立派な防壁だった。

一瞬、間違えて領都に戻ってきてしまったのかと思ったほどだ。

その防壁が領都の防壁と同じものに見えたのは、作りがかなりしっかりしていたからだ。

壁を構成する石は形も綺麗で、サイズも均一だ。

ロウは親が商家ということもあり、経済にも多少は詳しい。

これほどの石材を防壁が作れるだけ準備するのにはかなりのお金がかかるはずだ。

いったいどこからそのお金を用意したのか。

「さすがは錬金術師ということか」

「……錬金術が使える人は出鱈目《でたらめ》ですね」

そうだった。この村には錬金術師がいるのだった。

その錬金術師がおそらくこの防壁の材料を準備したのだろう。

この村の錬金術師と繋がりを持つことはロウの実家にとっても利点が大きいかもしれない。

「ロウ。『俺たちは何も見ていない』だぞ」

「は、はい！　ニコさん！」

ニコがロウの顔を覗き込んでそう告げてくる。

どうやら、ロウの考えていることがバレてしまったみたいだ。

「あ！　おーい！」

「「？・？・」」

急に御者をしていた冒険者が村のほうに向かって大声を出しながら手を振りだす。

ロウとニコが冒険者の視線を追って村の入り口を見ると、そこには二人の若い男女がいた。

雰囲気的にこの二人は錬金術師の弟子か何かだろう。

「レイン。兵士さんを連れてきたよ。こちら兵士のニコさんとその部下の人たち」

冒険者がニコを男の子に紹介する。

「！　お初にお目にかかります！　フローリア辺境伯領軍で百人長をしているニコと申します」

「「「?!」」」

ニコが一歩前に出て男の子に向かって敬礼をする。

上位者に対して行う正式な敬礼だ。

ロウと他の二人もニコに倣《なら》うように敬礼をする。

ロウはたかだか錬金術師の弟子に向かって、辺境伯領軍で百人長の地位にいるニコが謙《へりくだ》りすぎだと思ったが、それが思い違いだということはすぐにわかった。

「こちら。この村の錬金術師であるレインさんです」

「初めまして。レインといいます。今回は村の防衛を引き受けていただき、ありがとうございます」

「はっ！」

「「「!!」」」

どうやら、目の前の男の子が例の錬金術師だったみたいだ。

とても錬金術師には見えない。この男の子は見た感じまだ十代だ。

錬金術師といえばかなり歳を取っているという印象だった。

実際、ロウの実家の商家と取引のある錬金術師は六十歳を超えた爺さんだった。

（いや、見た目通りの年齢とも限らないか）

錬金術で作れる薬の中には若返りの秘薬のようなものもあるという噂を聞いたことがある。

だから、錬金術師は見た目で年齢を判断するのが難しいのだ。

ロウはニコがレインと軽く挨拶を交わしている様子を見ながら気を引き締め直した。

「……あと、皆さんの武器を見せてもらってもいいですか？」

「？？？　はい。おい！　お前たちも」

「「「はっ！」」」

ニコが腰に下げた剣をレインに渡したので、ロウたちも慌てて自分の武器を腰から外してレインに渡す。

「……～～～」

レインはロウたちの武器を一本一本確かめながら何かの魔術をかけていく。

どうやら、レインは錬金術師だけではなく、魔術師でもあったみたいだ。

しかも、魔術のほうもかなりの腕前のようだ。

錬金術を極めるだけでも相当な時間がかかる。魔術まで極めているとなると一体いくつなのか。

「……あの～。レイン殿。一体何を？」

「皆さんの武器に『剣強化』の付与魔術をかけておきました。これでグレイウルフくらいなら簡単に倒せると思います。結構しっかりかけたので、これで俺たちが帰ってくるまでは持つと思います」

「は？」

言っている意味がわからなかった。

たった四人で魔物が倒せるわけがない。

え？　もしかして、魔物を倒さないといけないの？　防壁の上から追い返すだけではなく？

「あ、防具も強化しておいたほうがいいですね。少し待ってください。〜〜〜」

そう言うと、レインはロウたちの防具にも何やら魔術をかけていく。

魔術についての知識がないロウにはレインが何をしているか全くわからなかった。

だが、悪意や敵意は感じないので、おそらく大丈夫だろう。

数分もしないうちにレインは作業を終えたようだ。

「少し急いでいるので、詳しいことは村にいるキーリという女の子に聞いてください」

「はっ！」

どうやら、レインはこれから出かけるつもりのようだ。

そう言われれば、レインもその隣にいる女の子も旅装束姿だった。

この後急いでどこかに向かうらしい。

レインは女の子をお姫様抱っこの形で抱え上げる。

「それじゃあ、よろしくおねがいします」

「行ってらっしゃいませ！」

ロウたちが敬礼をすると、レインはすごいスピードで走り去っていった。

ロウたちはレインの背中が見えなくなるまでの数秒の間敬礼をして見送った。

「……じゃあ、とりあえず、村の中に入ってそのキーリって子に会いに行くか」

「そうで……」「ワオーン」」

ロウたちが村に入ろうとしていると、遠吠えが聞こえてきた。

声のしたほうを見ると、そちらから一匹のグレイウルフがロウたちを目掛けて走ってきている。

「ちっ！　全員！　迎撃体制‼」

「「「はっ！」」」

最悪だ。

普通なら逃げるのだが、冒険者が馬車を村の中に入れるために今は防壁の門が開いてしまっている。

ここでロウたちが逃げれば、最悪、村の中にグレイウルフが入ってしまう。

村の防衛のために呼ばれたロウたちとしてはそれは許容できない。

それ以前に、村人を危険に晒すなんて兵士失格だ。

（もう少し早く来てくれればよかったものを！）

さっきまでレインがこの場にいた。

魔の森のすぐそばに居を構える錬金術師なら、グレイウルフくらいなんとでもできただろう。

……いや、レインがこの場からいなくなったからグレイウルフが出てきたのかもしれない。

グレイウルフは感覚が鋭く、強力な魔術師が討伐に行くと逃げてしまうと聞いたことがある。

なんにせよ、今の状況は変わらない。

「……三人は門の前を守れ！　あいつは俺が倒す！」

「‼　ニコさん⁉」

「はぁぁぁぁ‼」

ニコは腰から引き抜いた剣を上段に構えてグレイウルフへと突っ込んでいく。

いくらニコが兵士の中では強いとはいえ、グレイウルフの前では人間の強さなんて誤差レベルだ。

（まさか！　自分を生贄に！）

グレイウルフは見た目によらず少食で、人を一人食べれば満足してどこかへ去っていくと聞いたことがある。

ニコは自分がその生贄になることでロウたちを生かすつもりなのかもしれない。

「はぁぁぁぁぁ!!」

「ニコさ〜〜〜ん!!」

ニコがグレイウルフに向かって剣を振り下ろす。

――ズバッ！

「ぎゃん！」

ニコの振るった剣はあっさりとグレイウルフを両断した。

「「「……は？」」」

ロウたちは一瞬何が起こったかわからず、硬直してしまった。

目の前にはグレイウルフの魔石が転がっている。

ニコは恐る恐る近づいて魔石を拾い上げる。

その魔石は実体があり、間違いなく本物のようだ。

どうやら、ニコの剣がグレイウルフを両断したのは幻覚などではなかったらしい。

ロウは何が起こったのかいまだに理解できずにいた。

「……『俺たちは何も見ていない』」

「は？」

「ロウ。『俺たちは何も見ていない』。そうだろ？」

「は、はい！」

「二人もそれでいいか？」

「「はい！」」

どうやら、ロウたちが引き受けた任務は想像以上にヤバいものだったみたいだ。

ロウたち四人は心の棚に全てをしまい、何も見なかったことにするのだった。

＊＊＊

ロウたちが心の棚にしまったできごとはこれだけではなかった。

冒険者に案内された先では領都でもなかなか見ないくらいにしっかりした家が建っており。

三人の村人たちは魔道具の鍬を使って一週間足らずで、百人がかりでも一ヵ月はかかりそうなエリアを開墾していた。

何より驚いたのはその住人たちだ。

ロウたちが村に来て数日ほど経ったある日、まだ成人もしていない女の子が二人でこそこそとどこかへと出かけていった。

子供とはいえこの村の住人だ。

怪我をさせてしまえばレインが怒ってしまうかもしれない。

ロウとニコは二人に気づかれないように跡をつけた。

すると、二人は森の中に入っていった。

まさかと思いながらさらに跡をつけていくと、二人は森の奥で襲ってきたグレイウルフをあっさり返り討ちにしてしまうではないか。

しかも、数匹倒したところで満足したかのように村に帰っていく。

どうやら、魔物を倒すためだけに森に入ったみたいだ。

「『俺たちは何も見ていない』」

ロウたちは、ことあるごとにそう呟《つぶや》くのだった。

『君子危うきに近寄らず』というやつだ。

村から帰る頃には、それが四人の口癖になってしまっていた。

あとがき

お久しぶりです。砂糖多労《さとうたろう》です。

この度は『追放魔術師のその後』の三巻を手に取っていただき、ありがとうございます。

この巻はレインが村にやってきて初めての春の出来事になっています。

ここからアリアが王都に行ってみたりと、村の外の世界へと舞台が広がっていきます。

私は設定厨ですので、今作でもいろいろな設定が登場しています。

「王都では地下にある遺跡の下水道をそのまま使っている」とかですね。

オーバーテクノロジーの遺跡をよくわからないまま使っているという設定を私が好きなのでこういう感じになりました。

今後、何かが起きて技術の伝承が途切れると未来ではこういうことがあるのかなーとか思いながら書いていました。

読者の皆さんにも楽しんでいただけたらとてもうれしいです。

それでは、ページも少ないので、謝辞で締めさせていただきます。

イラストレーターの兎塚《うさつか》エイジ様。いつも素敵なイラストをつけていただきありがとうございます。イラストをいただいた日は毎回仕事の疲れも忘れて狂喜乱舞しておりました。

担当編集者の栗田様。今回もいろいろとサポートしていただきありがとうございました。なんとか本にすることができました。

出版にかかわっていただいた皆様。皆様のおかげでこの本を完成させることができました。

そしてなにより、読者の皆様。本作を読んでいただき本当にありがとうございます。皆様が読んでくださるおかげで、私は小説家をやれています。皆様に読んでいただかなければただただ文字をパソコンに打ち込む人ですからね。

おかげさまで三巻まで来ました。

この作品を書き始めた頃からは想像できない状況です。

あの頃は、「定年まではＷｅｂで書いて、引退したら本格的に書き始めて死ぬまでに一冊でも本を出せればいいなぁ」と思っていたのですが……。人生何が起こるかわからないものです。

それもこれもＷｅｂで見つけてくださった読者様やこれまでお買い上げいただいた皆様のおかげです。

本当にありがとうございます。

皆様に楽しんでいただけるように頑張っていきますので、これからもどうぞよろしくお願いいたします。

またどこかでお会いできたら光栄です。

砂糖多労

Kラノベブックス

追《つい》放《ほう》魔《ま》術《じゅつ》師《し》のその後《ご》3
新《しん》天《てん》地《ち》で始《はじ》めるスローライフ

砂《さ》糖《とう》多《た》労《ろう》

2024年4月30日第1刷発行

発行者	森田浩章
発行所	株式会社 講談社 〒112-8001　東京都文京区音羽2-12-21
電　話	出版　(03)5395-3715 販売　(03)5395-3605 業務　(03)5395-3603
デザイン	寺田鷹樹（GROFAL）
本文データ制作	講談社デジタル製作
印刷所	株式会社ＫＰＳプロダクツ
製本所	株式会社フォーネット社

KODANSHA

ISBN978-4-06-535454-4　N.D.C.913　337p　19cm
定価はカバーに表示してあります

ファンレター、
作品のご感想を
お待ちしています。

あて先
〒112-8001　東京都文京区音羽2-12-21
(株) 講談社　ライトノベル出版部 気付
「砂糖多労先生」係
「兎塚エイジ先生」係

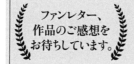